SAPATEIRO DE BRUXELAS
E OUTRAS CRÔNICAS

SAPATEIRO DE BRUXELAS E OUTRAS CRÔNICAS

ALCIDES MANDELLI STUMPF

Editora Sulina

Copyright © Alcides Mandelli Stumpf, 2023

Capa: Blue Mind Comunicação
Projeto gráfico e editoração: Niura Fernanda
Revisão: Simone Ceré
Editor: Luis Antonio Paim Gomes

Dados Internacionais de Catalogação na Publicação (CIP)
Bibliotecária Responsável: Denise Mari de Andrade Souza – CRB 10/960

S934s   Stumpf, Alcides Mandelli
          Sapateiro de Bruxelas e outras crônicas / Alcides Mandelli
        Stumpf. – Porto Alegre: Sulina, 2023.
        240 p.; 14x21cm.

        ISBN: 978-65-5759-110-9

        1.Literatura Brasileira – Crônicas. I. Título.

CDU: 821.134.3(81)-34
CDD: B869

Todos os direitos desta edição reservados à
EDITORA MERIDIONAL LTDA.

Rua Leopoldo Bier, 644, 4º andar – Santana
Cep: 90620-100 – Porto Alegre/RS
Fone: (51) 3110.9801
www.editorasulina.com.br
e-mail: sulina@editorasulina.com.br

Maio/2023
IMPRESSO NO BRASIL/PRINTED IN BRAZIL

Para minha mãe, Ivette Luiza,
e meu netinho Domênico

Agradecimentos

Alessandra Sonda
Camile Longo
Leonice Fátima Simonetto
Rodrigo Finardi
Salus Loch
Lucas De Toni Reginatto
Silvio Peter

Agradecimentos especiais

Nilson Luiz May, amigo, incentivador e mestre
Gilberto Schwartsmann
Juremir Machado da Silva
Colegas da Academia Erechinense de Letras

SUMÁRIO

Quem é "O sapateiro de Bruxelas"? **13**
por Gilberto Schwartsmann

Sapateiro cronista **19**
por Juremir Machado da Silva

Sapateiro de Bruxelas **21**
O Sapateiro de Bruxelas e as formigas **23**
Paz infinitesimal **25**
A ironia do Sapateiro de Bruxelas **27**
Desmaterialização **29**
O Sapateiro de Bruxelas e os capachos **31**
As férias **33**
O outro lado do cosmos **35**
O espelho **37**
Destino **39**
Eleições e pecados capitais **41**
Mães e maio **43**
As máscaras e a Covid-19 **45**
Confissões em tempos de pandemia **48**
Os chatos e a Covid-19 **51**
O Sapateiro de Bruxelas e o (mau) uso das mídias sociais **55**
Zoologia eleitoral **58**
Os sete pecados capitais e ditados antigos **61**
Cócegas e maturidade **65**
Debates eleitorais e aventuras de capa e espada **69**

Finados e luz! **72**
Bons homens, boas ações e o sentido da vida **74**
A realidade, os negócios e o aperto de mão **77**
Covid-19 e a obrigação de navegar para o futuro **80**
#somostodosmariposas **84**
De espelhos e almas **87**
Um estrangeiro nem tão estranho **89**
A esperança que vem do caos **93**
Delfos pode ser aqui **98**
Exaltação do livre pensamento **102**
O Sapateiro de Bruxelas: pandemia e o caminho para o fim **105**
Voo de Ícaro **108**
Fim do universo e voo da galinha **112**
Virtudes, pecados e fofocas **116**
Inverno do Sapateiro de Bruxelas **120**
Santos e pecadores **123**
De Descartes a elementos descartáveis **127**
Hobbes e o Brasil hoje **130**
O Sapateiro de Bruxelas, aos pedaços **133**
Meu pai, *mi viejo* **136**
Dante Alighieri: 700 anos **139**
Sociedade líquida **144**
O general Colin Powell e minha avó **147**
O rapto de Dafne **150**
Fábulas e história **154**
Pós-pandemia em oito capítulos:
live do Sapateiro de Bruxelas **156**
Gabinete de curiosidades – poesia **162**
Inferno eleitoral **165**
O fio de Ariadne **168**

Velório e fim da Covid **171**
Galinhas, economia e felicidade **173**
Ao renascermos, a vida prevalece **176**
O líder pragmático **178**
Cassandra de Apolo e os novos tempos **181**
Blue moon, uma canção além do seu tempo **184**
A experiência de milgram e a pulga atrás da orelha **186**
Atabalhoado encontro com o Sapateiro de Bruxelas **189**
Cartas de amor / *love letters* **192**
Contorcionismo e recompensa **195**
A arte de falar mal **198**
O anônimo veneziano **203**
A poltrona do Sapateiro de Bruxelas e Camões **206**
Eleitores indecisos **208**
O andarilho acima das nuvens **211**
A moça ao entardecer **214**
Proust, tempos perdidos e tempos ganhos **216**

As crônicas seguintes integram o livro "Amigos e Medos", publicado pelo autor em 2018.

Fuga em abril (pequeno conto) **223**
Os calendários e as moças **225**
12 de junho: charutos e silêncio **228**
Brevíssima história do adultério **229**
Agora é cinzas! **234**
O fim da desonra **236**
Amigos e medo **238**

PREFÁCIO

Quem é "O sapateiro de Bruxelas"?

Gilberto Schwartsmann

Para elucidar esse enigma, faço aqui alguns comentários introdutórios. Começo por lembrar ao leitor que há os sapateiros da vida real, hoje cada vez menos presentes no dia a dia das pessoas que vivem nas grandes cidades, mas há também aqueles sapateiros – igualmente importantes – que povoam o imaginário das crianças e aparecem nos contos de fadas de nossa infância.

Comecemos pelo primeiro caso. Imagine o leitor como seria de fato a vida de um sapateiro de antigamente, modesto, tendo a sua pequena sapataria e à espera dos fregueses. Ele vive as durezas da vida. Ao ver as dificuldades do cotidiano, ele compartilha seus infortúnios com a freguesia, que também é composta por gente sofrida e descontente. Acaba que, entre sapatos remendados e consertados, a sapataria se torna o ponto de encontro de quem quer falar sobre as dores do mundo.

Não é à toa que, do fim do século XVII ao XIX e parte do XX, surge a figura do sapateiro com ideias políticas. Na obra *A formação da classe operária inglesa*, Edward Thompson descreve a vida do sapateiro Thomas Hardy, um dos fundadores da Sociedade Londrina de Correspondência, em fins do século XVIII. Preso por traição devido a uma reivindicação de reforma parlamentar, Hardy tem até a sua correspondência violada. A polícia descobre que o humilde sapateiro lia e divulgava a obra de Thomas Paine intitulada *Direitos do homem*, a qual fora banida por incitar a desordem social.

Seus comentários, materiais impressos, panfletos e edições baratas da obra de Paine ganham eco entre os trabalhadores das minas de carvão e das sociedades provinciais inglesas. Até no

Clube Jacobino, de Paris, ouve-se falar da obra. Dizia um jovem comerciante, de nome Thomas Cooper, sobre a obra: "O livro me tornou politicamente mais louco do que jamais fui. É pleno de impacto e repleto de bom senso. E reforçado por uma profusão de assuntos provocativos". E assim surgem muitos sapateiros como Hardy, espalhados pelas cidades do mundo.

Mas o que há de tão especial com os sapateiros? O que existe nessa profissão que faz com que esses artesãos mergulhem na leitura e façam tantos questionamentos? De onde o autor da presente obra tirou a inspiração para decidir denominá-la *Sapateiro de Bruxelas*? Deve haver algum motivo muito especial para que o autor tenha decidido chamá-la assim.

Segundo Eric Hobsbawm, no capítulo intitulado "Sapateiros Politizados", da obra *Worlds of Labour*, traduzido para o português pela Editora "Paz e Terra", em 2015, durante o século XIX, os sapateiros europeus e de outros países comportavam-se, muitas vezes, como ativistas políticos. Hobsbawm sugere que eles tenham ganhado reputação como militantes em protestos sociais, em movimentos de esquerda e que funcionavam como "ideólogos do povo". Basta ver como os sapateiros constituíam um grupo organizado em países como França e Suíça.

Em 1848, em Constança, na Alemanha, houve uma rebelião e os sapateiros eram os trabalhadores em maior número entre os rebeldes. Na Comuna de Paris, em 1871, entre os detidos e deportados, os sapateiros eram o contingente mais numeroso. E isso não se restringia à Europa e América do Norte.

Na Argentina, juntamente com os carpinteiros, os sapateiros foram os primeiros a assinar sua participação na Federação de Trabalhadores, primeira tentativa da organização de um sindicato nacional, em fins do século XIX. E entravam em greve ocasionalmente. O leitor ainda tem dúvida? Quer mais indícios?

No Brasil, no Estado do Paraná, a "Associação dos Sapateiros", um sindicato de inspiração anarquista, participou ativamente do primeiro Congresso dos Trabalhadores, em Curitiba. E no Rio Grande do Sul, em 1897, havia o registro de um sapateiro italiano anarquista.

Obviamente, os sapateiros não estavam sozinhos em suas reivindicações de cunho social ou político, havia outros grupos, como os marceneiros, carpinteiros e alfaiates. No entanto, parece claro que há períodos em que os sapateiros se destacaram mais na vida política. Segundo Hobsbawm, os sapateiros, com certa frequência, eram também jornalistas, escritores e eram chamados popularmente de "poetas-trabalhadores". Havia sapateiros com ares de intelectual e uma reputação de que dominavam temas ligados à filosofia e à política.

Os sapateiros eram como "políticos de aldeia", fazendo-se presentes em vários movimentos populares. Durante a Revolução Francesa, eles encabeçaram as multidões para torturar e assassinar o rei. Para mencionar exemplos geograficamente mais próximos, na Costa Rica, entre a década de 1930 e 1940, os sapateiros tiveram grande militância política. O "Sindicato dos Sapateiros" constituía um dos setores mais avançados do movimento sindical. Victor Acuña Ortega discute esse tema na obra *Fuentes orales e história obrera: El caso de los zapateros en Costa Rica*, publicada em 1985.

Mais recentemente, em 2014, no Brasil, Thiago Ernesto Possiede da Silva defendeu uma dissertação de mestrado no mínimo provocativa, na Universidade Federal do Paraná, intitulada *Entre sapatos & livros: a trajetória de um sapateiro na militância comunista em Paranaguá/Estado do Paraná, 1935-1964*. A pesquisa analisa as mobilizações dos trabalhadores da cidade e suas organizações, tendo como fio condutor a vida do sapateiro Antônio Araújo Rocha, homem com rica formação intelectual e dono de uma biblioteca, eu diria, com títulos impressionantes.

Eu paro por aqui e, por mais interessante que possa parecer a discussão sobre o papel social e político desses trabalhadores, devo reconhecer que os sapateiros, como nos tempos de minha infância, homens que passavam o dia inteiro em suas pequenas oficinas, a consertar solas de sapatos, colar ou bater pregos em saltos, e a falar dos mais diversos assuntos, são cada vez mais raros nas grandes cidades. Nos dias de hoje, as pessoas substituem sapatos velhos por novos. E mesmo os consertos são realizados por lojas especializadas, localizadas quase sempre em centros comerciais, o que nem de longe lembra as velhas e simples sapatarias de rua.

Passemos aos sapateiros que aparecem nos contos de fadas, assunto aparentemente diverso. E há tantos sapateiros em contos de fadas! E eles estão presentes em várias culturas. Os sapateiros de nossos contos de fadas parecem resistir à força do tempo. Representam um universo de incontáveis histórias de sapateiros, duendes e anões. E, se analisarmos bem, trata-se quase sempre de histórias de sapateiros de perfil humilde e generoso. O mais conhecido deles, o conto clássico intitulado *O sapateiro e os duendes*, é baseado em histórias do folclore, registradas pelos Irmãos Grimm, na Alemanha. E as histórias continuam muito populares e são reproduzidas e adaptadas no mundo inteiro.

A lenda de nome "O sapateiro e os duendes" conta a história de um honesto sapateiro que trabalhava duro, mas não ganhava o suficiente para viver. Numa noite, ele constatou que lhe sobrava somente um pedaço de couro, o suficiente para fazer apenas um par de sapatos. Ele deixa o couro cortado, planejando montá-lo na manhã seguinte. Quando acorda, qual não é sua surpresa: os sapatos estavam prontos sobre a mesa. E pareciam uma obra de arte. O primeiro cliente que aparece adquire o par de sapatos imediatamente e por um bom preço.

Com o dinheiro, o sapateiro compra couro para fazer mais pares no dia seguinte e acontece a mesma coisa. Passa o tempo e ele prospera. Numa noite perto do Natal, ele e a esposa decidem espiar, para ver qual era o mistério: quem fazia o trabalho por ele. Quando chega a meia-noite, aparecem dois anõezinhos nus, que fazem para eles sapatinhos perfeitos. Para mostrar sua gratidão, o casal faz umas roupinhas e uns sapatinhos e os deixam no local, como presentes para os dois anõezinhos. Quando eles veem os presentes, os anõezinhos ficam radiantes e dão cambalhotas de alegria. E depois eles desaparecem. Quanto ao sapateiro e a esposa, eles vivem felizes para sempre.

As lendas da Irlanda falam do "leprechaun", um sapateiro pequenino que trabalha incansavelmente entre os arbustos, a costurar um pé de sapato. Ele é alegre e veste roupa verde, avental de couro, com um martelinho pendurado, sapatinhos de fivela, na cabeça um chapéu de três pontas e nas mãos um bastãozinho vermelho. O "leprechaun" produz somente dois pés de sapato por ano. O povo mais simples o considera um guardião dos tesouros escondidos. Por isso, para que se ponha as mãos num pote de ouro, é fundamental que se tenha um "leprechaun" por perto. A pessoa interessada deve vê-lo primeiro, do contrário ele desaparece. E há um detalhe muito importante: o "leprechaun" não confia nos seres humanos, salvo se ele descobrir que há em seus corações amor e boa intenção. Então, o "leprechaun" lhes dá de presente um lindo par de sapatos, feito de couro, folhas, flores e gotas de orvalho. Há uma obra de Katie Griffths, de 2015, intitulada *Leprechauns: creatures of fantasy*, editada pela Cavendish Square, que descreve em detalhes a lenda destes pequenos sapateiros.

No Brasil, a lenda de *O Sapateiro e os duendes*, dos Irmãos Grimm, teve uma versão adaptada para as personagens de Mauricio de Sousa e editada pela Girassol, em 2015. Trata-se de uma bela história sobre a generosidade de um casal de sapateiros que pratica o bem, mesmo em um período de dificuldades, o que atrai os duendes, que vêm ajudá-los. A história ensina que a gentileza e a solidariedade são atitudes que valem a pena. E as ilustrações são lindas, o que só faz aumentar ainda mais a beleza do momento de sua leitura.

Infelizmente, há exceções. Mary Packard, em seu *Rumpelstichen: Tales, Timeless*, obra produzida pela Editora Manole, em 1994, ensina as crianças sobre os riscos da ganância e da desonestidade, relatando a história de um anãozinho que ajuda uma jovem de nome Gisela a enriquecer de modo incorreto. O anão retorna um ano depois, para cobrar o seu direito sobre o bebê da jovem, uma história de dar medo a crianças e adultos. Por sorte, ela faz parte apenas do mundo da fantasia.

E como fica o nosso "sapateiro"? Na melhor posição possível nessa história. Alcides Mandelli Stumpf é o autor de *Sapateiro de Bruxelas* e isso eu posso afirmar com cem por cento de certeza.

Médico destacado em sua comunidade, ele vive e registra o cotidiano da pujante cidade de Erechim. Como grande humanista e homem das letras, o doutor Alcides – como as pessoas costumam chamá-lo –, nas horas em que sonha, projeta sua imaginária lente telescópica em várias direções, não apenas no planeta em que vivemos, mas muito além.

O doutor Alcides penetra na intimidade de si próprio e dos outros seres humanos, mas também de outras formas de vida que possam existir no Universo. É daí que nasce o sapateiro de Bruxelas. Em seus textos de jornal, reunidos nesta obra, ele revela que tudo vê, analisa e tenta emitir sua sincera opinião. O leitor que não tente entender como o tal sapateiro surgiu em Erechim, no sul do Brasil, um lugar aparentemente distante de mágica Macondo, de *Cem anos de solidão*, do grande Gabriel García Márquez. O que dizer da longínqua, fria e chuvosa cidade de Bruxelas, no coração da Europa. Aí reside o mistério.

O fato incontestável é que o sapateiro, lá de Bruxelas, eu imagino, interpreta o mundo e os homens. E as crônicas aparecem depois nos jornais. O texto traz elementos da realidade, com as esperadas indignações de qualquer cidadão de bem. Contudo, fala de cultura, arte, sentimento, com uma criatividade que daria inveja no colombiano. Vem daí *Sapateiro de Bruxelas*: um ser oriundo de um lugar imaginário, mas instalado na fria e chuvosa cidade belga. Entre uma e outra costura, incorporado ao seu alter ego, o sapateiro voa até Erechim, de onde emanam textos de uma lucidez borgiana, mas um mistério próprio de uma trama de Edgar Allan Poe.

Há, contudo, um elemento a ser considerado na obra *Sapateiro de Bruxelas*. Cada uma de suas crônicas traz a escrita atenta desse grande ser humano – o doutor Alcides –, o qual, transmutado ou não em sapateiro, seja ele vindo de Erechim, Macondo ou Bruxelas, tudo faz com imensa doçura. E, na contramão de muita gente feia que há por aí, o tal sapateiro insiste em ser um "leprechaun", que escreve para construir um mundo melhor. É por isso que os sapatinhos que fabrica são sempre feitos para o bem.

APRESENTAÇÃO

SAPATEIRO CRONISTA

Juremir Machado da Silva

Médico e escritor, Alcides Stumpf é um cronista de mão cheia, o que se pode constatar lendo este *Sapateiro de Bruxelas*. Cronista é quem consegue captar a essência do cotidiano com leveza e profundidade, como se o peso das coisas ficasse suspenso em função da graça da palavra. É isso que o leitor vai encontrar nestas crônicas saborosas, bem-humoradas e cheias de uma sabedoria suave e muito bem dosada. O cronista finge que tudo vai bem para poder exprimir os males que assolam a sociedade sem assustar o paciente, ou seja, o leitor. Talvez por isso um médico tenha tanta sensibilidade para as dores do dia a dia. Consegue diagnosticar com precisão e indicar o tratamento das coisas. De certo modo, antecipa o comportamento das pessoas depois de ter contado o que se passa com elas, com a gente, com todos nós. Os temas abordados por este sapateiro antenado são os mais diversos possíveis. Sendo de Bruxelas, está ligado ao coração da União Europeia. Mas, com seu espírito cosmopolita, fala com desenvoltura de coisas ocorridas em Porto Alegre ou em Erechim. Personagem fictício, tem uma realidade tão densa que, vez ou outra, pode até abraçar o leitor no meio do caminho. A generosidade do cronista, característica fundamental de quem se debruça sobre as coisas simples da vida, isto é, aquelas que realmente importam, brota a cada página. Afinal, cronista não é juiz nem Deus para apontar o dedo ou condenar sem apelação, mas alguém que se identifica com o que narra. A cada linha, Alcides Stumpf parece dizer o quanto ele entende as hesitações, contradições ou decisões dos seus protagonistas. E lá vamos nós, nas pegadas do sapateiro, andando por ruas, ruelas, avenidas e estradas, acompanhando as mazelas políticas e seus pecados capitais, parando no mês de maio para falar das mães, saltando casas para consumir uma deliciosa "zoologia eleitoral", sentindo, mais adiante, as cócegas da maturidade, salvo se essas categorias apenas andam lado a lado para que sejamos levados a traçar paralelos entre elas nas horas de medo. O sapateiro de Bruxelas conhece o seu ofício. Não se apressa, também não faz promessas que não possa cumprir no prazo. Do seu ponto de observação, ia dizer, com a expressão da moda, do seu "lugar de fala", comenta, critica, ironiza, analisa, brinca e diverte-se, pois no espírito da crônica está a habilidade para falar sério sem esquecer a diversão. Ele fala do que gosta, como gosta ou por sentir que não pode se calar diante dos absurdos que nossa realidade insiste em servir a cada dia como um prato feito destinado ao cronista com apetite para as boas sacadas. Em cada crônica, o leitor verá o espírito do cronista, o ar do tempo, deste nosso tempo veloz e tão lento, no qual só nós é que passamos, e o ritmo desta época.

Uma coisa é certa e pode ser calçada sem qualquer aperto: este sapateiro de Bruxelas não prega prego sem estopa. O bom de ler um cronista como Alcides Stumpf é que, em tempos de inteligência artificial, a gente sai de alma lavada pela sua sensibilidade natural.

SAPATEIRO DE BRUXELAS

Não há como andar na vida sem pisar nos outros – dizia o Sapateiro de Bruxelas.
Na verdade, algum sapateiro de Bruxelas deve existir. Mas no caso específico deste, não se trata de um sapateiro de ofício, e muito menos de Bruxelas.

Trata-se, sim, apenas de um sarcástico conhecido de carne e osso que por vezes investe-se de grande sabedoria e benevolência.

Divaga sobre versões e fatos insofismáveis e indiscutíveis, como, por exemplo, a suspensão da pena de prisão a condenados em segundo grau decretada pelo STF na semana passada, com a qual, aliás, ele concorda totalmente. Certamente, para argumentar sobre tais relevâncias e outras de igual quilate ou calibre, exige pomposa e extravagante titulação, como ser o Sapateiro de Bruxelas. Assim sendo, cai-lhe bem a alcunha e o encargo.

Em preciosos e não raros momentos de transe, entre um café e outro, o Sapateiro assume posição límbica e passa a encarnar um prestador de serviços do mais alto nível. Ora filósofo ora adivinho, trata-se de um verdadeiro santuário; complexo e magistral oráculo.

Aí, nos altíssimos momentos de enlevo e inspiração, entre marteladas suaves e outras mais fortes, ao moldar um calcanhar ou ajustar um imaginário salto agulha, ou até ao passar a navalha sobre o couro grosso e curtido, o artesão não perde a fleuma enigmática que envolve os iluminados – particularmente este sumo iluminado – e assume definitivamente ares e fumos de fidalgo prescritor e prestidigitador.

Funciona ele, portanto, como espécie de consultor geral de curiosos e assemelhados para assuntos aleatórios. Presta-se disponível ao final das tardes, como já dito acima, nas rodas de cafezinho e bate-papo. Oferece como vantagem adicional pouco ou nada cobrar – além de uns pingados ou expressos espontâneos.

Seus inúteis serviços são tão perceptíveis e precisos quanto os de vários outros múltiplos profissionais de finanças ou gestão, meros arrecadadores de fortunas de consulentes angustiados, igualmente sem o menor compromisso ou maior serventia.

Acho, ou tenho certeza, que o ilustre Sapateiro é bem mais honesto que a maioria dos consultores que conheço – e, acreditem, não são poucos ou de pouca fama.

Segundo o belga, está escrito que não se deve acreditar ou dar conversa ou trela a ninguém. Preferencialmente ser duro, pisar, prejudicar, lesar e mentir para o maior número de pessoas possível, sem receio ou misericórdia alguma.

Diz ele que assim far-se-á a verdade e a mesóclise. A verdade com o tempo extinguir-se-á em si mesma, sem exigir esforços ou demandas de ninguém. A mesóclise será resgatada por outrem culto e lídimo como o ex-presidente Temer ou outra ave de rapina (sic).

Basta, portanto, que sejamos espertos e adotemos a mentira como moeda padrão e corrente – mais ou menos como os americanos fizeram com o dólar no pós-guerra – e nos daremos muito bem.

Sobre os acontecimentos locais, o Sapateiro de Bruxelas disse que gostou muito da Feira do Livro e da palestra erudita e apolítica do jornalista e escritor Juremir Machado da Silva. Embora ele, na sua suprema sabedoria e capacidade de mobilizar massas, tenha convicção íntima de que teria feito muito melhor tanto a Feira quanto a palestra.

Seu lema é simples: Nenhum por todos e todos por nenhum. Vida nova. Sapato novo.

E arremata: As verdades são leves e andam descalças; caminham nas nuvens, não deixam marcas: são reais e fáceis de esquecer. As mentiras são mais ousadas, astutas e aguçadas, e usam tacões ou saltos longos e pontiagudos. Deixam marcas indeléveis, por isso mais fáceis de seguir. E seus rastros, igualmente, levam a lugar algum.

Quem acredita em si ou seus semelhantes é tolo; quem acredita nos outros ou diferentes é mais tolo ainda – diz ainda o cético Sapateiro.

Novembro de 2019

O SAPATEIRO DE BRUXELAS E AS FORMIGAS

O Sapateiro de Bruxelas, sobre o qual falamos na semana passada, não muito preocupado com a repercussão do artigo anterior, adianta, a quem interessar possa, que não professa qualquer filosofia ou religião. Como é um trapaceiro de marca maior, tem dias que se diz agnóstico; outros, humanista; outros ainda, coisa nenhuma. Para ele, ao fim e ao cabo, cabe ao homem, e principalmente a mulher, ser o centro do universo e preferencialmente do lar nos casos de amor ou ódio, guerra ou paz. É realmente um cretino esse artesão. Mesmo sofrendo de profunda indefinição ética e moral – e talvez por isso mesmo –, exerce grande atração ante seu público cativo. Típico intelectual de botequim, usa e abusa da ironia leve, do humor não necessariamente sutil, de gracejos e imaginação fértil.

Tudo isso para mim não passa de uma reação espontânea e sarcástica às asperezas da vida – que, diga-se de passagem, não está fácil para ninguém.

Suas preleções maviosas e sedutoras mantêm uma oscilação proposital a respeito de variados temas, de modo que a força da argumentação ora beira a crendice estúpida ora parece bastante séria e complexa. Desse modo, o interlocutor extasiado não raro fica sem saber se o Sapateiro é apenas um observador das crenças populares e de pessoas idiotas ou se, de fato, vê tais crenças como verdadeiras e se realmente não é ele próprio o grande idiota. Eis aí a dicotomia do gênio para o deleite geral e alegria da plateia.

Perante questionamentos políticos, que se tornam mais e mais reincidentes e relevantes com a aproximação das eleições municipais – ainda mais agora que o atual alcaide nega peremptoriamente sua candidatura –, invariavelmente evoca Machiavel, pensador renascentista e precursor do atual método de alcançar e permanecer no poder a qualquer custo ou preço, aqui ou acolá, em qualquer lugar.

Para o mestre da prosódia, as pessoas lúcidas, engajadas e preocupadas com o futuro da urbe – salvo sua própria e honrosa exceção – devem encarnar duas virtudes cívicas elementares: motivação individual para fazer sacrifícios pelo bem comum e desejo de glória para enaltecer o espírito público. Com esses dois princípios incorporados à moral vigente, praticamente tudo estaria muito bem encaminhado e os problemas públicos e privados seriam reduzidos de forma substancial e irrestrita.

Enfim, desde que os outros arquem com as agruras, custos e sofrimentos alheios atuando nos diferentes meios, o que importa é alcançar o definitivo e almejado resultado. No caso do ilustre Sapateiro, seria justamente manter o "status quo", que é ser reconhecido por todos seus fãs como sábio, erudito e proativo consultor, atuando como oráculo e maestro ao mesmo tempo, pelo menos na sua roda de café e boa esperança.

Para ele, nada é tão certo como a rima de Lulu Santos: assim caminha a humanidade, com passos de formiga e sem vontade. Quem viver verá. Basta aguardar que o tempo de cada um vai chegar.

Novembro de 2019

PAZ INFINITESIMAL

Há dias que não sei o que passa: desejo uma vida pacata, anônima e fiel. Simplesmente esquecer quem sou ou quais seriam as ordens do dia. Largar de mão lealdades, confianças ou dedicações; deixar tudo para depois: afazeres, responsabilidades e muito mais. Os outros – eles todos, bons ou maus – que fiquem esperando sem a menor cerimônia. De preferência sentados, para não cansar. Não calcular, não prever nem cuidar nada, da vida, da saúde. Abandonar a consciência, esquecer sonhos, ambições e reputações – todas, inclusive a minha. Dar o fora nos incômodos e incomodados. Permanecer na quietude plena e mergulhar fundo no poço morno da solidão. Ah, eu bem que mereço isso.

Aceitar a humilhação completa de ser tão somente um pária, um zero à esquerda desprezível, capacho às suas ordens – ou melhor ainda: ser nada.

Porém, não há como resistir aos desafios do dia a dia, as chamadas sacanagens, as rasteiras dadas pelos amigos e inimigos. Parece que preciso disso para dar rumo, prumo e sentido à vida.

Gosto muito de enfrentamentos, é quase vício; são estimulantes e revigoram. Fazem-me andar reto e para frente, com fé em Deus e nos bons companheiros.

Desanco e descasco caluniadores, fofoqueiros e outros pobres de espírito com rara galhardia e perseverança. Nasci também para isso: enfrentar ratos, e por eles ser enfrentado. É meu jeito. Sempre vai ser.

E sempre me restará a vergonha, que é a herança maior que meu pai me deixou – como cantava Lupicínio. Essa ninguém me tira, meu Senhor – digo eu em prosa simples.

Mas que ando louco para descansar um tempo, isso lá é pura verdade. Ser um zero à esquerda infinitesimal, sem pressa, sem dor e sem dó. Ficar em paz de espírito, de bem comigo mesmo e alhures – como o pai também me ensinou, e pouco ou nada adiantou.

Outubro de 2019

A IRONIA DO
SAPATEIRO DE BRUXELAS

A ironia é figura de retórica largamente aplicada pelo Sapateiro de Bruxelas, que, por vezes tantas, diz o contrário do que realmente quer dar a entender. Desse modo, faz uso de palavras ou frases no sentido oposto ou diverso do que deveria realmente empregar; uma espécie de bisca, no mais das vezes sutil, outras provocadoras e mordazes.

Ao professar esse meio paradoxal de comunicação, as mensagens são claras para uns e obscuras para outros; inteligentes para alguns e indelicadas para tantos mais.

Embora o calçadista não pratique a zombaria para ofender ou maltratar ninguém, muitas vezes fere e atinge alvos indevidos. Suas falas funcionam qual balas perdidas: se assimiladas pelos maus, são entendidas como naturais; se literalmente interpretadas pelos mansos, sugerem incontida deselegância.

Seu *humour sense* tende a ser malvisto entre os sisudos e mal-amados. No entanto, é bem-aceito e festejado junto aos alegres amigos de café. Soa diferente, amável e discreto, como um sorriso na hora certa ou uma mudança brusca no olhar.

O artesão, leitor voraz, diz admirar Tolstói, Eça de Queirós e Machado de Assis, entre outros autores sagazes. Para ele, Eça soube criticar a sociedade com deboches, sarcasmos e raras artimanhas de narrativas. "A mesma pessoa pode ser um vilão ou um anjo, um sábio ou um idiota, ter força ou fraqueza", segundo Tolstói.

Lima Barreto, contemporâneo e de algum modo rival de Machado, era leve na forma e incisivo no conteúdo. Por outra, o Bruxo do Cosme Velho, com refinada erudição, tergiversava sobre a infâmia da escravidão e as mazelas políticas da época.

Mas, a seu ver, nenhum cronista de costumes se iguala ao impiedoso Nelson Rodrigues, com seus dramas e humores. Rodrigues criou tipos célebres: O Idiota da Objetividade, O Cretino

Fundamental, A Granfina de Nariz de Cadáver, entre outros ícones da sátira nacional.

O Sapateiro não esquece de elogiar Antônio Maria, Stanislaw Ponte Preta e Carlos Heitor Cony, a nata dos intelectuais cafajestes do Rio de Janeiro nos anos dourados.

O nosso escritor maior, Gladstone Osório Márcico, é igualmente festejado pelo seu texto impecável que alia a crítica social à reflexão e ao riso.

Embora não sendo psiquiatra, desconfio que no fundo, bem lá no fundo, o velho Sapateiro não passa de um ser dotado de extrema autocrítica. Usa a ironia para identificar e mitigar seus defeitos e fraquezas – o que aliás não é incomum nessas personalidades neuróticas.

Enfim, segundo o Mestre, os contrastes tornam os acontecimentos mais aceitáveis.

Para terminar a conversa, cita Proudhon em alta e provocante voz: "Ironia verdadeira liberdade! És tu que me livras da ambição e do poder (...) do fanatismo dos reformadores de superstição deste grande universo, e da adoração de mim mesmo"!

Novembro de 2019

DESMATERIALIZAÇÃO

O Sapateiro de Bruxelas, personagem fictício que tem frequentado minhas colunas há algumas semanas, vem causando algumas celeumas e arengas intestinas – como diria ele em sua peculiar linguagem. O personagem dirige-se igualmente a amigos irreais, que frequentam o mesmo ambiente, uma roda de café que não existe. Assim, como dito e redito, qualquer semelhança com a realidade local ou externa não passa de mera e incrível coincidência.

Esta semana a bola da vez foi a Inovação Tecnológica, mais especificamente, a desmaterialização.

Pois este é um dos fenômenos da modernidade que mais intrigam o Sapateiro – até o assombra com a chegada da era digital.

Para o Mestre, se a palavra desmaterialização fosse usada há uns vinte anos, certamente seria associada a algo como espíritos errantes, almas penadas ou entidades quânticas – bem mais abstratas e temerárias.

Para ele – incontido palpiteiro –, a desmaterialização, fruto dos avanços tecnológicos, chegou não como tendência, e sim como verdade indiscutível, concreta qual pedra no sapato e dura tal solado de Passo Doble ou mesmo Vulcabrás. *Consummatum est* – palavras de Cristo na Cruz.

Paradoxalmente, segundo o entendido, a ausência de matéria está tão presente no cotidiano que nem é percebida, quanto mais existe, mais deixa de existir. Vide fitas cassete, *long-plays*, CDs, DVDs, disquetes e outras tantas bugigangas há pouco tão úteis.

Hoje a desmaterialização está no próprio ar filtrado, climatizado, esterilizado ou poluído que cheiramos todos os dias de nossas vidas; nos espaços de espetáculos que (não mais) mais frequentamos; nas músicas que ouvimos com fones no Spotify; nos filmes que assistimos no *note* na Netflix, nas compras tridimensionais que praticamos na Amazon, sem contar os *homebanks* que agora nos atormentam em qualquer lugar ou circunstância, mesmo as mais íntimas, fisiológicas e solitárias.

Calculadoras de diversos tipos e envergaduras – com ou sem manivelas – sumiram no tempo e no espaço. Câmeras fotográficas e lambe-lambes desapareceram definitivamente. Milhões ou bilhões de quilômetros de cabos transmissores de imagem e som deixaram de existir de uma hora para outra, acompanhados de florestas de antenas de tv que povoavam até recentemente os telhados urbanos. Computadores imensos ou cérebros eletrônicos, como eram chamados nos anos de 1960 os gigantescos maquinários de informação, foram superados e hoje, com folga, cabem na palma da mão.

Em pouco tempo, ao seu entender, a desmaterialização vai se tornar ainda mais intensa e(im)perceptível: motoristas, pilotos, navegadores e congêneres vão evaporar. Os veículos autônomos aéreos, terrestres e aquáticos serão infinitamente seguros e livres das nossas falhas humanas.

Anuncia que a logística também mudará radicalmente: motoboys serão substituídos por drones – como já acontece em farmácias de Passo Fundo – e suas motos irão engordar as sucatas empanturradas. Uma imensa fatia do conhecimento já está armazenada na nuvem e não ocupa espaço algum. Tudo junto altera radicalmente os processos de guarda, custos e lógica no uso de materiais, bem como a forma de consumo. Tudo se torna irreversível – sentencia.

"O vazio é o espaço da liberdade, ausência de certezas. Mas é isso que tememos: o não ter certezas. Por isso trocamos o voo por gaiolas. As gaiolas são o lugar onde as certezas moram", brada o Sapateiro citando Dostoievski, um de seus autores primordiais.

E, ainda, arremata: as coisas estão se tornando imateriais e, dando uma interpretação literal e definitiva à batidíssima frase de Karl Marx, tudo o que era sólido se desmancha no ar, tudo o que era sagrado é profanado, e as pessoas são finalmente forçadas a encarar com serenidade sua posição social e suas relações recíprocas.

Realmente – e cá entre nós –, nunca sei bem quando o Sapateiro está falando a sério ou quando está de galhofa, zombando da minha cara. Esse sapateiro é mesmo muito ardiloso. E descarado.

Dezembro de 2019

O SAPATEIRO DE BRUXELAS
E OS CAPACHOS

*Mais afronta a mesura de um adulador,
que a bofetada de um inimigo.*

Padre Antônio Vieira

Faz pouco, por causa do Sapateiro de Bruxelas, fui indagado por um amigo, que, por sua vez, foi questionado por assinantes deste jornal, sobre minha atual sanidade mental. Visando esclarecer qualquer dúvida a respeito, asseguro-vos, ilustres leitores e digníssimas leitoras, que me encontro dentro de limites razoáveis de consciência e cognição. No entanto, recomendo considerar como atenuantes fatores como a idade e desgastes inerentes ao mau uso do corpo e da mente. Realmente minhas maquinações já superaram há muito o prazo de validade e a garantia de fábrica. Porém, de acordo com a Receita Federal, continuo produzindo para os gastos meus e de meus dependentes, incluindo o maledicente Sapateiro e seus infindáveis cafezinhos.

Volto a lembrar que, embora existam centenas de artesãos em Bruxelas, o personagem constitui um tipo idealizado e satírico. Trata de outros couros, solas e meias-solas, além de pintura e recuperação estrutural de calçados jamais pisados por aqui.

Seus remendos, melhorias e polimentos permeiam o cotidiano local, suas mazelas, seus encantos e desencantos.

Assim, eis que, no decorrer da semana, o calçadista mostrou-se deveras azedo e sinistro – ânimo incomum para um cínico alegre e rematado otimista.

O artesão acredita piamente ser vítima da mais contundente inveja. Daí que, entre um pingado e outro, revelou seu profundo desprezo por indivíduos que o atormentaram nesse período, os quais insiste em chamar de capachos.

Momentaneamente abatido e visivelmente amargurado ao concluir o balanço final, não quis espichar conversa. Emitiu murmúrios lamentosos e teceu sua prédica aos habituais ouvintes.

Não depositem suas fichas e esperanças nos parceiros de estranhas e últimas horas; não creiam em amizades recentes – as antigas já bastam para decepcionar; não sejam tolos, previsíveis e manipuláveis – mais do que o necessário. E emendou: saibam vocês, moços, que diabos e vampiros sempre chegam vestidos de amigos, sorrateiros, com ares, fumos de boa gente. No entanto, nunca deixarão de ser o que sempre foram na essência: frustrados, volúveis e traiçoeiros. Esses pequenos canalhas viverão como ratos, rastejantes, repulsivos e sem a menor vergonha oferecem seus préstimos, lombos, nádegas e ralas honras ao sacrifício sórdido da servilidade compensadora.

O candidato a ancião, como é do seu agrado, aproveitou para esbanjar cultura e evocou Cornélio Tácito, historiador romano: "Os aduladores são a pior espécie de inimigo".

O Sapateiro demonstra claramente com esse conjunto de adjetivos pejorativos por que os capachos o irritam tanto e por que vivem da bajulação a seus superiores.

De minha parte – assegura o Mestre –, jamais levantei um dedo contra um amigo, companheiro ou parceiro de jornada; nunca traí ninguém. Por isso não obtive lucros ou louros. Consegui no máximo esboçar algumas reações tardias e insignificantes. Nem sequer fui percebido. Sucumbi à perversidade e nada ganhei.

Tristes dias estes do Sapateiro. Em outros tempos animal cruel e sanguinário, hoje lobo desdentado e solitário.

E por derradeiro evoca Mme. Puisieux: "O ciúme é uma constrangida homenagem que a inferioridade presta ao mérito". Vejam que mesmo abatido não deixa de lado a falsa modéstia e a ironia cortante. Raposa velha perde o pelo, mas não perde a cisma – bem dizia minha querida avó.

Triste final de ano do velho amigo.

Dezembro de 2019

AS FÉRIAS

Depois de alguns dias de ausência, o Sapateiro de Bruxelas retornou à roda de cafezinho. Justificou ausência por acompanhar a família em férias no litoral. Conta que ficou deveras impressionado com muito do que viu e também pelo muito que não viu.

Destaca as beldades esculturais com corpos e cabelos dourados que, em trajes sumários, o encantaram por alguns dias de calor, suor e cerveja belga, obviamente. Observou ainda que as unhas das beldades sob seu olhar eram bem-feitas, polidas e cutículas bem aparadas. Aqui cabe explicar que o Sapateiro, por dever de ofício, se atém com extremas minúcias aos pés femininos: tamanhos, formatos, torneados e inclusive pregas plantares.

Igualmente, chamou-lhe a atenção a profusão de carros importados e sonidos retumbantes, que alguns insistiam em chamar de música. Constatou o desleixo das pessoas e o quase total desprezo à civilidade, delicadeza e polidez de gestos. Havia no ar visível culto à arrogância, grosseria e mau gosto generalizado.

Mas tudo que é ruim sempre pode ficar pior – assegura o Sapateiro. E realmente ficou.

Eis que, entre guarda-sóis, areias escaldantes e aglomerações sufocantes, surge o Idiota Completo, antigo colega de bancos acadêmicos, conhecido de longos e penosos anos. Atualmente, segundo o próprio Idiota, está muito bem de vida e ocupa "elevado cargo" em "elevada empresa Estatal" de "elevado conceito". Sua carreira, pontuada pelo puxa-saquismo e bajulação, tem sido igualmente elevada, não resta dúvida.

Com a intimidade própria dos inoportunos, o Idiota Completo aboleta-se no gazebo, e imediatamente passa a exercer largamente a vaidade e a pretensão, típicas dos parvos, carentes de inteligência. Discorre fluentemente e concorda consigo mesmo sobre as dificuldades e cenários incertos e danosos ao ramo; fulgura a notória tolice que o distingue desde os tempos escolares.

Inebriado com as próprias palavras, ouvindo a si próprio com devotada admiração, tece rosários de prognósticos e Resoluções Normativas, além de digressões sobre legislações derivadas e complementares que certamente impactarão o setor. Obviamente o Idiota Completo é mais que tudo um imenso porre; figura pretensiosa, repugnante e insuportável, que pesa ainda mais durante as férias.

Ao bruxelense, ouvinte tolerante e bastante educado, coube assentir, concordar e às vezes menear a cabeça. E, quando possível, cochilar, cochilar, cochilar.

Assim, o artesão, em meio a tão enfadonho monólogo e isolamento sepulcral, chegou à conclusão que o sol a pino, o mar glacial, além das areias escaldantes e seus frequentadores grotescos, não eram lá tão ruins assim – desde que o imbecil sumisse dali o mais rápido possível, quanto antes melhor.

Aliás, o ambiente não mudou em nada, mas tornou-se deveras aprazível quando o Idiota Completo se despediu em intermináveis mesuras e rapapés. Graças a Deus, prometeu retornar somente no próximo verão.

O Sapateiro, finalmente recomposto e devidamente descansado, pensou profundamente sobre a extensão celeste, a imensidão marítima e a imensurável estupidez humana. E não teve dúvida, em suas reflexões, quanto à predominância da última. Esta, sim, grandiloquente em sua infinitude. E inocente, o Sapateiro de Bruxelas tornou a sonhar com os doces e lindos pés que insistiam em desfilar no seu entorno.

Janeiro de 2020

O OUTRO LADO DO COSMOS

No meu tempo de menino, a viagem ao Morro dos Conventos, litoral de Santa Catarina, era a ida ao fim do mundo, último pedaço sólido da Terra.

A Rural Willys, ano e modelo 1959, tração nas quatro rodas, partia na madrugada escura, com carga total, muito acima de qualquer limite de razoável prudência. Serpenteava lenta e pesada por caminhos sinuosos que pareciam nunca terminar. A saída era por Lagoa Vermelha, trajeto de lama e pedras. Cruzava pontilhões de tábuas brutas e aldeias indígenas. Depois surgia Vacaria, já no final da manhã. Nesse ponto se atingia o meio (bom) da empreitada. Logo em seguida vinha a outra metade, ainda mais incerta, com maiores riscos e dificuldades – muitas vezes intransponíveis. Com bravura, conduzida pelos braços fortes do pai, a camioneta singrava os verdes campos de cima da serra. Adiante apareciam Bom Jesus, São José dos Ausentes e outras paragens de grande altitude: centenárias cercas de taipas (feitas por mãos escravas), cerradas neblinas e ventos cortantes que faziam estremecer.

Entre uma parada e outra, ao consertar alguma avaria veicular, saboreávamos os formidáveis queijos serranos. Depois, lá na frente, alcançávamos os imponentes Aparados. O limite entre os Estados dava em uma passagem escarpada entre os rochedos da Serra do Mar. Na realidade não se tratava de um caminho, e sim uma picada incrustada no imenso paredão sem fim. Na descida, a cautela recomendava o uso de marcha reduzida enquanto a valente Willis bufava, rangia e gemia desesperada, agarrada ao saibro liso do chão inclinado. Quinze fantásticos quilômetros de íngreme declive separavam mil e trezentos metros de altitude, divisor de águas, do nível do mar.

Na sequência do percurso, velhas pontes feitas de madeira completavam a paisagem da estradinha de seixos, ermas planícies do rio Araranguá. Finalmente, depois de mais de uma dezena de horas, chegávamos ao almejado destino, muito além de tudo que até então existia, o outro lado do Cosmos. Foi daí que descobri que a Terra não é pequena e muito menos plana. É sim vasta e cheia de dobras, recortes e redundâncias que insistem em desafiar o tempo e a curiosidade da criança que resiste em mim. O mar, por sua vez, sim, é plano, planíssimo, imenso e azul, quase do tamanho do céu – onde um dia todos nós vamos morar. Pelo menos foi assim que aprendi e ouvi da avó ao brincar na areia branca da praia, naquele passado tão lindo para mim. Passado, hoje perdido no tempo e na memória, distante para sempre, longe demais para voltar.

Janeiro de 2020

O ESPELHO

Dia desses o Sapateiro de Bruxelas chegou mais cedo ao Café. Contou que havia pouco passara por maus momentos. Após acordar, como de hábito, acorreu aos asseios usuais. E aí, no momento íntimo matinal, deu-se o terror, a imensa surpresa.

Ao olhar o espelho, deparou-se com horrenda figura, vulto disforme, esparsos cabelos, boca espumante e barba por fazer. Algo deplorável, assustador, impertinente, que inarredável insistia em permanecer a sua frente. Pregas profundas marcavam a face e o espírito da imagem infame; marcas de preocupações mundanas e finitas que, junto a sua baba branca e viscosa, desciam pelo ralo levando junto suas esperanças.

Sim, aquela coisa incrível, aquele ogro verde, monstro volumoso, era ele próprio perante o inexorável amanhecer. Seu reflexo, enquadrado em vidro e prata, mostrava sem pudor o trágico espectro da morte em vida, alma combalida em compleição adiposa. Segundo sussurradas palavras, não fosse o movimento cadenciado do braço lento, que ia e vinha no mesmo lugar diante da boca murcha, não havia sinais de vida no horrendo cenário.

O choque quase letal, instantâneo e pungente, exigia a pronta e necessária reação física e moral. A gravidade do momento determinava a inadiável recomposição.

Contou que ainda transtornado foi ao banho remover as teias, poeiras e mofos do corpo já à beira da decomposição. A água tépida escorreu sobre a pele encarquilhada e ele limpou-se por fora. Por dentro continuava o mesmo, permanecia o medo, o azedo pavor da ruína que a pouco presenciara. Sim, não lhe restava nada mais que reagir.

Me disse – agora em tom mais firme – que jamais iria capitular. Afinal, o mundo o esperava, a vida o aguardava, invariável, inconteste, pontual e produtiva. Não seria agora, pela hedionda visão matutina, que desistiria do mundo ou da vida para sempre.

E recomposto, um tanto altivo, resolveu seguir em frente e encarar a faina diária fatigante: perfumou-se, caprichou no gel e saiu para a cotidiana rotina. Cabelos alinhados, pele lisa e escanhoada, hálito mentolado e axilas florais, assim se foi ele ao encontro dos amigos e jornais do dia, dia que estava só começando. O mundo o aguardava na mesa do Café.

E até aquele momento o mundo, de certa forma, se resumia a minha pessoa, que o escutava com pesar, e com ele sofria calado, decifrando seus pensamentos.

Mas logo os parceiros chegaram e contentes se aninharam ao nosso redor. E de pronto, com ânimos renovados, o oráculo exclamou: *Carpe diem! Carpe diem!* Vivam intensamente esse dia! Subitamente a alegria iluminou nossos semblantes e um novo e lindo dia se iniciou para nós.

Dos terrores de Poe às odes de Horácio, tudo acontece em segundos na vida do Sapateiro de Bruxelas, mestre na arte de passar aos outros aquilo que às vezes não consegue praticar. E para arrematar, armou um sorriso um tanto hipócrita e me falou: "Não leve o espelho tão a sério. A beleza verdadeira está dentro de nós."

Fevereiro de 2020

DESTINO

O Sapateiro de Bruxelas se diz um homem probo e comprometido com a razão e o trabalho. Se dedica aos conhecimentos e cumpre suas obrigações, excetuando algumas transgressões de trânsito e pequenos desencontros com a Receita Federal. Não se considera um ser primitivo e não acredita em sinais, presságios, e muito menos em coincidências fortuitas vindas de outros mundos ou mesmo de circunstâncias terrenas. Excetuando situações pontuais, não teme fatos ou fados iníquos ou assombrosos.

Por isso o Artesão se diz avesso a práticas baseadas em crenças de ser possível influenciar a natureza mediante maquinações fantásticas ou fórmulas ocultas sobrenaturais. "Azar" é uma palavra vazia de sentido, nada pode existir sem causa – aprendeu desde cedo com as leituras de Voltaire.

O pouco que sabe – costuma dizer – vem de conhecimentos adquiridos pelas vias de estudos e reflexões pessoais, aliados às experiências e ao bom convívio com amigos e irmãos – inclusive aqueles que frequentam o nosso Café. Por isso optou agora na maturidade por uma vida mais metódica, racional e disciplinada, pautada na coerência interna e na sistematicidade.

Resumindo: resolveu andar na linha, sem medo de ser atropelado pelo trem da história. Por outra, eventuais digressões ou escapadelas não merecem menção ou tampouco ser reveladas, me afirmou o bruxelense com desfaçada integridade.

Porém, mesmo avesso a magias e superstições, o Sapateiro carrega sempre consigo – por garantia – uma medalhinha de Santo Expedito, um chaveiro de pé de coelho e uma folha louro na carteira, amuletos, pequenas reservas individuais para proteger de feitiços ou casuais emanações sobrenaturais. Também costuma bater três vezes na madeira para afastar maus agouros ou mal-estares.

E, ao mexer o açúcar no fundo da xicrinha de café, falou com sapiência e vagar: Nada acontece por acaso entre o nascimento e a morte. Mas nunca subestime as ironias e as armadilhas do destino.

O destino, este sim, é um duende zombeteiro que gosta de brincar com a vida das pessoas. Por fim, como estávamos a sós, confessou: Eu não acredito em duendes. No entanto, sei, de fonte segura, que eles mentem muito, e são muito falsos e fingidos. Desconfie sempre do destino e nunca acredite em duendes, meu bom amigo.

    Essa conversa, um tanto confusa e atravessada, em parte sintetizava sua exitosa sorte e destino vencedor. Por fim arrematou: "Yo no creo en brujas, pero que las hay, las hay".

Fevereiro de 2020

ELEIÇÕES E PECADOS CAPITAIS

Com a proximidade de mais um pleito, o Sapateiro de Bruxelas, no tradicional café, entendeu oportuna a abordagem dos temas Eleições e Pecados Capitais.

Partindo desse ponto, observou que suas preleções visam, antes de tudo, esclarecer aos seus camaradas, e, principalmente, aos eventuais candidatos, os riscos que correm durante o desenvolvimento da Campanha Eleitoral. Por sinal, nada que não se saiba de antemão, mas que não custa lembrar.

Evidentemente que todos os conceitos e comentários emitidos pelo Artesão limitam-se a experiências vividas ou assistidas por ele no decorrer de quinze lustros em que vaga por este mundo de Deus.

Assim, é importante que fique claro desde o início que, mesmo partindo do mestre do couro, não há conhecimento técnico ou científico, tanto na área política como na religiosa. Suas opiniões, embora sábias, foram lançadas aleatoriamente aos abnegados amigos de cafezinho, sem maiores intenções, como verão os leitores decorrer das falas.

Isso posto, fica claro e por conta e risco de cada um – seja eleitor ou candidato – levar em conta qualquer dos conceitos que surgirem nas divagações próximas.

Primeira e didaticamente, o Mestre separou corpo e alma, carne e essência, desejo e sabedoria. Considerando que o corpo corre grande perigo no embate político, pior ainda acontece com a alma, que por ser eterna periga ficar vagando a esmo no infinito à custa das faltas cometidas durante a contenda política terrena – muitas vezes mais que terrena, rasteira.

Disse ainda o artífice que o corpo é inquestionavelmente humano e, por conseguinte, no afã dos votos, frequentemente se torna suscetível às tentações carnais. Assim, por suas fraquezas, expõe-se a hepatites, gastrites, diarreias e outras penas terríveis, como as DSTs e outras maiores enrascadas.

Explica que o clima psicológico da campanha em si cria uma terrível insegurança, pois todo o esforço poderá não ser recompensado e toda expectativa deixará de existir no dia seguinte à derrota. Esse verdadeiro estado de calamidade e terror interno (quando não externo) de defesa e ataques sucessivos cria as condições de angústias essenciais a proliferações pecaminosas como inveja, luxúria, gula, ira e tantas outras.

E acrescenta o Sábio que estes e outros deslizes comportamentais compõem o catálogo dos Pecados Capitais: pecados diferenciados, não incidindo sobre tais faltas a prerrogativa do perdão divino – isso ao que sabe e pelo que foi a ele revelado por entendidos no Colégio Marista, na sua longínqua infância.

Ao tomar sua última xícara, disse o Sapateiro à sua plateia diária que por ora ficaria somente nesses vagos comentários, na antessala da conversa. Mas prometeu, para as próximas rodadas, dissecar, um por um, esses malditos descaminhos que podem, textualmente, infernizar a vida de qualquer candidato. E completou: Aguardem-me, eu voltarei com mais e más notícias.

Março de 2020

MÃES E MAIO

Maio, o quinto mês do calendário gregoriano, conta trinta e um dias, e é dedicado especificamente às mulheres.

O tributo à beleza e feminilidade nesse mês tão significativo, remete à Grécia Antiga, quando eram celebradas festas e homenagens à Maia, deusa mãe de Hermes, o belo mensageiro dos deuses. Na mitologia romana, por sua vez, Maia Maiestas é referenciada como mãe de Mercúrio – associado a Hermes – portador de boas novas ligadas às vendas, lucro e comércio.

Maia, deusa da fecundidade, da projeção da energia vital e da primavera, personifica o despertar da natureza e o renascimento. Isso explica, de forma simples, a origem do nome do mês que ocorre no apogeu primaveril do Hemisfério Norte.

Maio igualmente é dedicado pelos cristãos católicos à Maria, mãe de Jesus. Há uma série de liturgias, rezas e celebrações, que remontam ao período barroco, desenvolvidas para esse tempo; ritos alusivos à presença afetiva da mãe na sagrada estrutura familiar.

As flores, os dias agradáveis e coloridos setentrionais, correspondem ao mês de setembro no Hemisfério Sul; o período alegre das colheitas das culturas de inverno; época de abundância, portanto propícia a festas populares, inspiradora aos galanteios e prolíficos casamentos. Por isso, maio também é chamado de o mês das noivas. Noivas que, por desígnios naturais, serão mães em futuro breve e venturoso.

Por essa série de determinantes e antecedentes, a comemoração do Dia das Mães ocorre no segundo domingo do mês. Tal costume, bem mais recente, surgiu nos EUA, em 1908. No Brasil, a data foi oficializada por Getúlio Vargas, em 1932.

Aqui, na região meridional, em maio não há mais flores ou festas populares. E neste ano, infelizmente, pelo nefasto curso da pandemia, temos muito pouco a comemorar. No momento os pássaros migram anunciando o inverno que se aproxima qual fantasma de um soberano que regressa a assombrar lugares ermos, outrora encantados pelo rei Sol.

Enquanto no Norte a vida ressurge aos poucos, no Sul amargamos à espera do frio e da angústia das perdas humanas que se estenderá até a primavera, quando haverá o retorno da nossa Maia. Ao encerrar, creio piamente que a nossa redenção como irmãos, filhos de uma só Pátria, passará pela presença amorosa das mães nos lares e famílias. Mães que no isolamento acolhem, que no desespero educam e que nas dificuldades nos fazem crescer por toda vida.

Se todos nós, homens e mulheres do nosso tempo, ouvíssemos com atenção e carinho as mães, certamente estaríamos mais unidos, corajosos, tolerantes e solidários ante a imensa e aterradora realidade. Sim, com ou sem doença, o mundo seria um lugar melhor para viver.

Maio de 2020

AS MÁSCARAS E A COVID-19

As máscaras são adereços que acompanham a trajetória humana desde as mais priscas eras.

Se tem notícias de que já, há trinta mil anos, eram utilizadas por povos e tribos em tradições ritualísticas e outras pompas. Tinham função mágica e simbolizavam entes com capacidade de proteger do inimigo e do desconhecido, além de livrar de doenças e propiciar a vitória nas guerras.

Os antigos egípcios, no apogeu de sua civilização, acreditavam na vida após a morte. Usavam máscaras em cerimônias fúnebres e as aplicavam às múmias e sarcófagos, de modo a auxiliar na passagem desta para uma vida melhor.

Mais tarde, no século V a.C., os gregos, no auge da sua cultura, as usavam no teatro, comédias e tragédias. Nas festas populares eram dedicadas a Dionísio, deus da natureza, fecundidade e do próprio teatro. Na mitologia romana a mesma divindade também rege a libido e é chamada de Baco.

Maiores que a face dos atores, as máscaras acentuavam traços expressivos, para que o público assimilasse com mais facilidade e intensidade o caráter do personagem.

Da Grécia, as máscaras, bem como as demais manifestações de arte e cultura helenísticas – como dito anteriormente –, migraram para Roma. Os romanos absorveram o uso teatral denominando-as "personas". As palavras "pessoa" e "personagem" derivam da raiz *persona*, que significa máscara em grego.

Durante a Idade Média passaram a ser utilizadas em festas profanas. Portanto, avessas ao cristianismo dominante. Seu uso resultava em acusações que levavam à fogueira.

No Renascimento, voltam à cena pública e passam a ser usadas pela nobreza em festas como as "farsas". Era um modo de nivelar os convidados, e faziam parte do próprio traje. Também foram apresentadas à Europa na Comédia *Dell'Arte*.

É bom lembrar que, mais ou menos à mesma época, os verdugos e sentenciados as usavam nas decapitações. Os primeiros para não cometer a barbárie de cara lavada; os segundos para poupar a plateia da sinistra visão da cabeça desfigurada.

Em Veneza e Florença, século XV, eram exibidas nos *Bals Masqués*, precursores do carnaval moderno. Serviam para abrandar conflitos políticos entre cortesões, que, disfarçados e confiantes no anonimato, divertiam-se nos festejos. Daí foi um pulo evoluir para comemorações populares, onde nobres e plebeus misturados davam vazão às suas alegrias.

Tais festas aportaram no Brasil em 1808, quando da fuga napoleônica de Dom João VI e sua animada corte. Sim, carnaval e máscaras há muito andam juntos.

Já no século XIX, as máscaras de pano, para cobrir a boca e o nariz, eram usadas por cirurgiões de modo a impedir a disseminação de perdigotos, gotículas e restos alimentares à ferida cirúrgica. Foram aperfeiçoadas e melhoradas com a evolução da microbiologia e conceitos de higiene vindouros. Na saúde, além de serem usadas por médicos e paramédicos para evitar contaminações, também são destinadas à proteção de pacientes imunodeprimidos.

Atualmente, mediante a pandemia de Covid-19, vêm sendo usadas tanto para reduzir a dispersão do vírus quanto para proteger as pessoas da contaminação. Associadas a cuidados como a higiene geral, lavagem das mãos e isolamento social, auxiliam no controle da propagação da doença.

Por ora, ativos influenciadores sociais e ciosos futurólogos de plantão apresentam a velha máscara como uma novíssima barreira mecânica que protege as "outras" pessoas. Tal artefato, tão antigo e corriqueiro, desperta a responsabilidade social quando o "eu" utiliza a máscara. Assim, no futuro próximo, as máscaras serão símbolo de empatia e solidariedade, com implicações epidemiológicas nada desprezíveis e – temporariamente – inesquecíveis. Certamente e doravante, por causa das máscaras, o mundo não será mais o mesmo. Pelo menos é o que dizem os neoteóricos crentes nas mudanças e nos bons ventos que estão por vir.

De minha parte, com o ceticismo desenvolvido e aperfeiçoado ao longo de treze lustros de existência terrena e, portanto, já adentrado aos anos, creio que pouco ou nada irá mudar no pós-pandemia – como não mudou nas anteriores.

Em se tratando de disfarce, defesa ou recíproco interesse, seria muito bom – e definitivamente redentor para a humanidade – se, após uma desgraça de tamanha envergadura e intensidade, as pessoas em geral e nós mesmos deixássemos de usar as outras fáticas máscaras que nos perseguem e atormentam desde o nascimento.

Falo das máscaras asquerosas do cinismo, escárnio, indiferença, maldade e exibicionismo que afetam tantos a tanto tempo; falo da cara de pau dos políticos velhacos, egocêntricos e arrogantes, que de tão mascarados perderam a própria vergonha na cara, e não se importam de nos molestar diariamente em redes sociais ou mesmo em casa pela televisão ao infligirem seus engodos e malfeitos constantes.

Falo ainda da máscara infame da moral e da ética que nos foi imposta desde a infância, e que nos incapacita a reagir ante tiranias, injustiças e tabus, além de nos fazer eternos carregadores de culpas e desamores.

Falo das máscaras que nos levam aos templos orar a Deus e odiar ao próximo.

Sim, todas essas máscaras deveriam deixar de existir para sempre, para que de fato resultasse um mundo melhor, mais feliz, compreensivo e verdadeiramente solidário.

Mas vamos convir que tais seculares distorções, por certo, não foram causadas por uma mera alteração maligna de RNA viral do morcego e nem se iniciaram na China em 2019. Se assim admitido e concordado pelos leitores, a essa altura da história, entendo que seria propícia e necessária uma mudança radical no próprio DNA humano, este sim já bastante avariado pelas máscaras e demais vícios aceitos, cultivados e consagrados há milhares e milhares de anos pela nossa errante e recalcitrante raça.

Maio de 2020

CONFISSÕES EM TEMPOS DE PANDEMIA

O Sapateiro de Bruxelas, no exílio determinado pela Covid-19, em lugar incerto e não sabido, tem usado a internet como meio de comunicação preferencial. Talvez pelo distanciamento físico, adota um tom mais intimista em suas manifestações.

No último contato que tivemos há alguns dias, falou que usa as horas vagas para pensar e rever algumas posições e conceitos do cotidiano dito normal. Aproveita para praticar autoanálise, e, de certo modo – na sua linguagem peculiar –, se decompor e se conhecer melhor.

Descobriu em suas meditações solitárias que é um ser corporal, e nem por isso um ser social no sentido alegre da palavra. Constatou também que a percepção que os outros têm dele se dá pela sua expressão, imagem, modos, voz e, recentemente, pelo material escrito postado nas redes sociais. Das três alternativas – ser visto, ouvido e lido – neste momento de retiro espiritual e profunda concentração, a última opção é a que mais lhe agrada.

Observa que cada manifestação não brota do teclado totalmente pronta. Cada mensagem é construída por ideias, reflexões, palavras, frases e parágrafos com fins específicos – diferente da linguagem coloquial. Desse modo, frequentemente, ao produzir um texto ou um artigo, chega a becos sem saída. No entanto, a solidão reconfortante lhe permite voltar atrás e desconstruir seus raciocínios e ideações. Isso é muito bom – diz o sapateiro –, mas não dá para fazer na vida real, da boca para fora.

Para o artesão, escrever é ficar invisível, é deixar de existir fisicamente e assim se tornar mais gentil, generoso, tolerante em relação aos outros.

Além do mais, o mestre não precisa ficar exposto às réplicas da dialética rasa de estranhos, às vezes tão planas em seus argumentos que deixam lógica totalmente desfigurada no conteúdo. No entanto, admite que a única forma de avançar criativamente é permitir ser julgado pelo público – mesmo que, vez por outra, por algum idiota.

Aos amigos de longo tempo, o calçadista fez mais uma revelação surpreendente: confessou sua timidez inata. Contou que sente calafrios quando lembra da vida normal e dos compromissos sociais para os quais era solicitado antes da Covid-19.

Muitas vezes, nós, os tímidos, não somos bem entendidos por formamos uma espécie de congregação de mártires sem causa aparente – diz o calçadista.

Para o atual eremita, um encontro social divertido era uma contradição em termos de interação interpessoal. Afirma que muitos amigos chegados compartilham desse mesmo desconforto, mas, por recato ou boa educação, disfarçam a fobia quando obrigados a cumprir compromissos públicos ou protocolares.

Hoje no degredo voluntário, admite que cada vez mais está se tornando avesso a encontros alegres e fofos. Lembra que, para complicar, nesses convescotes frequentemente era obrigado a vasculhar o seu arquivo mental em busca de conexões faciais, familiares e profissionais. Ficava preocupado em esquecer nomes ou cometer gafes. Tudo isso, é certo, lhe dava uma canseira danada.

Definitivamente revelou ser avesso a ambientes estranhos; sente-se deslocado entre as pessoas com alto nível de diversão que normalmente acorrem a esses eventos.

Sim, a vida de eremita o tornou ainda mais esquivo e avesso a badalações – diz o belga.

Por último admitiu que os amigos do cafezinho lhe fazem uma falta tremenda, mas, em compensação, o período de hibernação compulsória tem oferecido alguns privilégios extremamente prazerosos. Portanto, o mestre tenta viver a pacata paz interior do ostracismo sem maiores sofrimentos – excetuadas as terríveis perdas de vidas causadas pela pandemia. Não há como ser feliz nesse tempo de destruição de reservas, empregos, saúde e liberdade.

Lembrou que outra amenidade da vida de anacoreta é não fazer cara de paisagem ante as babaquices políticas e não ser obrigado a ouvir conversas irritantes e vazias.

Ao concluir, o Sapateiro de Bruxelas disse: O futuro e a magia são parecidos e dependem das nossas habilidades aplicadas no presente. No momento reconheço estar em desvantagem por pertencer ao grupo de risco. Pouco ou nada me é permitido fazer, além de contatos saudosos.

Mas, como de costume, ao encerrar sua *live*, deixou uma mensagem edificante a seus discípulos e seguidores: Vocês devem ser sempre otimistas, não desistir. Afinal, de acordo com a leis da natureza, só poderemos comer o que conseguirmos matar. Força, esperança e fé: um dia tudo isso vai passar e voltaremos ainda mais fortes.

Julho de 2020

OS CHATOS E A COVID-19

Após longo período de reclusão espontânea e afastamento de todos os círculos de relacionamento, o Sapateiro de Bruxelas retornou ao convívio com os amigos, ora pela internet. O temporário anacoreta se diz à beira de um ataque de nervos. Sente falta das conversas fraternas, do aroma do café, além das infindas preleções diárias.

Mesmo assim, o matreiro senhor não perdeu totalmente seu senso de humor característico. E como é de seu feitio, desta vez na telinha do computador, logo enveredou por tema no mínimo curioso.

A bola da vez, para neutralizar as agruras da quarentena, foram os inevitáveis e frequentes encontros com os murrinhas do dia a dia normal, pré-Covid–19. Ou mais especificamente um determinado chato que agrega todas as características da espécie.

Desse modo, com malícia no olhar, iniciou sua tradicional prédica: Amenidades, amenidades! É o que precisamos nesses tempos de clausura – clicou o artesão. Pois as eventuais diversões caseiras estão ralas, repetitivas e insuportáveis como a sopa de todos os dias. Na verdade, nem eu me aturo mais.

Queixou-se estar saturado de estatísticas letais e intrigas globais tão previsíveis quanto o próximo caldo de legumes. As coisas estão horríveis, cansativas e repetitivas. Uma legítima tortura chinesa, ao seu entender.

Disse ainda que até a tão cultivada arte de falar mal, exercida com denodo e canarinho nos cafezinhos, havia minguado definitivamente. A redução dos passeios noturnos ou diurnos por ambos os sexos, causada pelo distanciamento social, além do uso de máscaras, tem determinado um estrago federal nas origens do salutar fuxico cotidiano.

Na falta de ingredientes básicos para desenvolver suas brilhantes teses, o bruxelense apelou às reminiscências: fez ressurgir na memória velhos amigos e conhecidos chatos, tipos realmente inesquecíveis da fauna local. E abriu o verbo.

Segundo conhecimentos exarados pelo artesão, desta vez *on-line*, os chatos fazem parte de uma imensa cadeia parasitária universal de segunda ordem. Somente são suplantados pelos políticos em geral – igualmente incongruentes, no entanto muito mais danosos à sociedade. Os agentes etiológicos se caracterizam por infestar a paciência alheia, alimentando-se preferencialmente de situações inadequadas, controversas e inúteis. Não deixam de dar palpites sobre qualquer assunto, e invariavelmente chegam a conclusões inócuas.

O nome científico da espécie é *Chatus chatus*. Embora pertencente ao gênero humano, faz parte da ordem Phthiraptera, estabelecida por Hackel em 1896 – casualmente a mesma dos piolhos. Mesmo que a classificação científica seja relativamente recente, a espécie existe desde os primórdios da humanidade.

O calçadista, que se diz autoridade internacionalmente reconhecida no assunto, afirma que os danos causados pelas atividades perniciosas do operador são diretamente proporcionais à exposição temporal e proximidade física do hospedeiro.

O Chato Comum ou o Chato de Galochas formam pequenas variações do original e atingem as pessoas preferencialmente pela via auditiva. No entanto, em infestações maciças, podem afetar todos os sentidos. Hoje se tem como certo que a transmissão das toxinas, as *chatinas*, se dá pelo contato direto com a vítima.

Experimentos recentes, confirmados pelas Universidades de Oxford (UK), Sorbonne (FR), Stanford (EUA) e Kuala Lumpur (MAS), além de outros centros universitários menos cotados da China, Rússia e Papua, confirmam a presença crescente dos sarnosos na internet, mais especificamente no Facebook, porém sem riscos de contaminação.

A chatice, ao entender do douto mestre, pode ser classificada como uma doença socialmente transmissível, muitas vezes hereditária, e possui inequívoca identidade grupal. Entre os grupos mais ativos e prevalentes, destacam-se parlamentares em geral, profissionais liberais das Ciências Exatas e Humanas, além de outras ciências afins.

Os sintomas desencadeados pelos abelhudos (outra denominação da espécie) são imediatos, e ocorrem ainda durante o primeiro contato. As queixas mais comuns relatadas pelos afetados são irritabilidade, inquietude e até coceira generalizada. Em casos mais graves podem surgir zumbidos, tonturas, náuseas, palidez, taquicardia e alterações na pele semelhante à urticária.

Geralmente o inconveniente age da seguinte forma: chega por trás, sorrateiro, e puxa a vítima para junto de si. Não contente com o incômodo causado pelo contato físico impróprio, sussurra algo inaudível na orelha do oprimido, que, a essa altura, encontra-se parcialmente atingido por nuvens de bafo de onça salpicadas por perdigotos. Aqui o célebre belga salienta que todo o enchedor de saco que se preza emite imensa quantidade de gotículas de saliva ao falar, acompanhada de halitose fortíssima.

Logo depois do surpreendente ataque, o aporrinhador passa a falar em voz alta e gesticular ridiculamente, sem dar a menor chance ao sacrificado.

Mesmo em situação extrema, depois de estabelecido o contato em terceiro grau, não há mais como eliminar ou escapar dos grudentos. O versado guru explica que várias fórmulas já foram testadas, mas todas sem efeitos cientificamente comprovados. O negócio é ficar atento e sair de fininho na primeira oportunidade.

No entanto, o mestre recomenda como tratamento preventivo o afastamento dos ambientes de risco – o que, diga-se passagem, não é fácil –, além do uso de Hidroxicloroquina, ainda em discussão no Supremo Tribunal Federal. Em casos muito graves, segundo o perito, é permitido o uso de força moderada ou mesmo spray de pimenta. Há estudos em andamento no Canadá e Austrália que sugerem pistolas Teaser em situações irreversíveis

Um tratamento caseiro e menos drástico, embora de pouca valia prática – dizem –, é colocar uma vassoura virada com o cabo para baixo atrás da porta de saída do recinto.

A profilaxia, que ao final parece ser a única alternativa eficaz de não padecer do mal, se dá por evitar lugares potencialmente contaminados como cafés, bares, clubes sociais e de serviços, além de encontros de antigas turmas de colégio ou de trabalho.

Ao concluir, afirma que é difícil conviver com essas figuras indiscretas e bisbilhoteiras. No entanto, há de se convir que, embora sacais, enfadonhos e maçantes, são melhores que o isolamento imposto por outros chatos de maior quilate fantasiados de autoridade.

E o Sapateiro de Bruxelas arremata: O coronavírus de certa forma se comporta qual o chato. Ataca quando menos se espera, em filas de caixas, supermercados, armazéns, bancos e repartições públicas. Como é igualmente fofoqueiro, adora uma sala de espera – principalmente de prontos-socorros – e locais de aglomerações. Também é chegado a festas de igreja, aniversários e churrascadas familiares nos finais de semana. Por óbvio, seu meio de transporte preferido é o ônibus, onde encontra maior freguesia para atormentar. Lembra ainda que o vírus é impiedoso com os velhinhos e com os distraídos, que esquecem da sua existência. O microrganismo, de forma idêntica aos chatos, não perde oportunidade de contágio, e pode ser letal.

No final de sua *live*, o artífice recomendou a todos muito cuidado e o maior isolamento social possível enquanto durar a pandemia. Assim, no futuro nos reencontraremos, inclusive com a presença dos queridos amigos mais espaçosos. E lembra que sorrir é um grande remédio.

Julho de 2020

O SAPATEIRO DE BRUXELAS
E O (MAU) USO DAS MÍDIAS SOCIAIS

O Sapateiro de Bruxelas continua recluso em paragens incertas e não sabidas. O afastamento da amistosa vida urbana tem lhe causado grande desalento e imensa saudade. Sente falta dos amigos e amigas da roda de cafezinho, que, por ora e motivos óbvios, encontra-se desativada fisicamente.

Porém, o grupo de fiéis seguidores do calçadista não se deu por vencido e intimou o preletor a manter, ainda que esporadicamente, algum contato edificante. Por decisão unânime, optaram pelas *lives*, tão em voga na atualidade e praticadas por muitas nulidades, o que certamente não é o caso do artífice em questão. Muito a contragosto e com visível mau humor, o artesão cedeu às súplicas e tascou as seguintes preciosidades em sua última aparição virtual.

Disse o mestre estar triste, contrariado e abatido nesses tempos de pandemia. O fato de a doença rondar parentes e amigos, além de causar dor e sofrimento a pessoas e famílias próximas, o deixa francamente consternado.

O temor constante de contaminação pelo maldito vírus chinês, acrescido ao frio e chuvas do inverno meridional, tem levado o Sapateiro e outros ermitões a desenvolver ideações nefastas e desencontradas em relação ao real significado da vida e seus desdobramentos mediante tanto mal-estar, abandono psicológico e horror inflado diariamente pela grande mídia.

O eremita de ocasião entende que as pessoas normais nas atuais condições de pressão e temperatura tendem a adoecer física, emocional e também culturalmente. E logo explica:

Na versão do bruxelense, a cultura de um povo se faz pelo seu modo de vida, suas atitudes, seus valores, crenças e artes, somados às suas percepções e hábitos de pensamento demonstrados em suas ações cotidianas. As características culturais e formas de vida são herdadas dos ancestrais e muitas vezes são demasiado abrangentes para serem detectadas por quem não as vive em seu interior.

Ainda, segundo o anacoreta, o descompasso cultural causado pelo isolamento social agride frontalmente a vida real, leva à ansiedade, medos e determina sérias avarias em egos mais frágeis, gerando insuportável sentimento de culpa ante a catástrofe que a todos atinge, indistintamente.

A culpa, segundo o célebre belga, é o sentimento menor que atormenta principalmente os mais fracos de espírito. Estes, por vezes, desenvolvem reações negativas por agirem mal e de forma destrutiva em suas parcas existências, portanto a merecerem a indignação e o desprezo dos demais.

De igual modo, sentem-se culpados e condenados por seus próprios feitos, e, ora acuados e afastados de seu habitat natural em função da crise de saúde e socioeconômica, não suportam a realidade nua e crua e projetam sobre o mundo e os outros o que são na verdade deformações morais próprias e intransferíveis de seus caracteres doentios.

Assim, usando de volteios e ironias peculiares, o mestre chega ao ponto crucial de sua palestra: lembra aos parceiros e discípulos de cafezinho que essas personalidades mais débeis, geralmente compostas por falidos, mal-amados, inexpressivos famosos, além de outros membros do baixo clero paroquial, frequentam as redes sociais com rara desenvoltura e assiduidade, com destaque para o Facebook e grupos de WhatsApp.

O alerta do sábio se dá na sequência e no sentido de nós, seus seguidores, usarmos esses meios de comunicação de forma equilibrada, econômica e parcimoniosa. Diz o mestre que, para os fracotes e hipersensíveis, tudo que dissermos, mesmo algum chiste inocente ou mero comentário inócuo, pode ser entendido e repercutido como ofensivo e fornecer munição a agressões covardes típicas do ambiente virtual.

Por último recomenda o sábio que, mesmo não cometendo erro algum, sejamos discretos e adotemos uma expressão linguística clara e eficiente, de modo a contornar constrangimentos quase inevitáveis.

A seguir assim, no entender do Sapateiro de Bruxelas, não há e não haverá necessidade de mordaça alguma ou mesmo engessamento judiciário das redes sociais. Estas vão implodir por mau uso e incongruência intelectual de alguns participantes da rede. Diz o artesão que certamente, ao término da pandemia, as pessoas normais resgatarão suas raízes e bons hábitos de convívio civilizado, afável e colaborativo. Talvez no futuro as mídias sociais restem apenas aos insuportáveis e os idiotas de sempre, e se tornem um universo bizarro povoado por levianos, frustrados e incompetentes. E finda sua peroração virtual deixando a seguinte mensagem: para viverem em paz consigo mesmas, as pessoas devem sentir-se seguras e saudáveis, desintoxicadas da raiva, do medo, do ódio e do ressentimento.

Agosto de 2020

ZOOLOGIA ELEITORAL

O Sapateiro de Bruxelas, ora em isolamento social em lugar incerto e não sabido, além de se dedicar a *lives*, dispõe de tempo para estudos biológicos deveras interessantes, principalmente no que tange à zoologia eleitoral. Desse modo, sem exigir reservas, remeteu ao grupo do cafezinho, por e-mail, alguns comentários que repassamos aos leitores, isentos de qualquer juízo de valor. Segue, portanto, o texto sem a mínima credibilidade.

"Caros amigos, após minuciosa revisão bibliográfica, encaminho algumas apreciações de ordem pessoal que entendo oportunas e de grande utilidade para o próximo pleito. Como sabemos, a natureza é pródiga em suas manifestações e exemplos, assim entendo, não devem ser desperdiçados, consideradas as atuais circunstâncias eleitorais. Falo especificamente de alguns fenômenos naturais como Hibernação Política, Candidatos Fuinhas e Candidatos Cangurus.

Depois de muita leitura e profunda dedicação, cheguei à conclusão que a chamada Hibernação Política trata-se de um fenômeno pelo qual muitos candidatos a cargos eletivos – em grande maioria de pequeno porte – passam durante o intervalo entre uma eleição e outra. Dessa forma, os ditos candidatos hibernantes mergulham num estado de sonolência e inatividade, em que as funções sociais são reduzidas ao absolutamente necessário à sobrevivência durante o período. A respiração mal se ouve e o metabolismo, ou seja, todo o conjunto de processos vitais que ocorrem no organismo político, restringe-se ao mínimo. Assim, é possível afirmar que, mesmo eleitos, candidatos normais que permanecerem inativos durante muitos meses, ou até anos, são considerados em estado de hibernação política. Registre-se que mudanças fisiológicas que acontecem no decorrer da inércia variam muito e de acordo com as diferentes colorações partidárias.

As fases de Hibernação Política, segundo abalizadas pesquisas da Universiti Kuala Lumpur e outras menos cotadas, variam desde a simples acomodação no cargo, como no caso de 7,3% de alguns vereadores, 25,4% de deputados, até o letargo profundo, que atinge algo em torno de 33,5% dos senadores. Há em tais políticos um marcante declínio de atividade parlamentar, que alcança os incríveis 58,7%, confirmados pelos melhores institutos de pesquisas.

Existe ainda a Hibernação Política disfarçada, de mais difícil aferição, em que os ocupantes de cargos se movimentam por curtos espaços de tempo, basicamente para comer e evacuar, embora haja esforço para ao menos parecerem mais ativos em aproximadamente 12% da amostra.

Frequentemente os candidatos hibernantes cavam suas tocas em associações de bairros, abrigam-se nos ocos de entidades corporativistas ou se acomodam em velhas casas de beneficência.

Experiências com algumas espécies bem conhecidas demonstraram que, mesmo mantidos em ambiente confortável e com fartura de comida, eles permanecem inativos por períodos que podem chegar a incríveis quatro ou até oito anos em casos extremos.

Há também os candidatos Tapa-Furos ou Fuinhas que formam uma subespécie ainda mais singular, mas não desprezível estaticamente, segundo PennState University. São também conhecidos por Candidatos Cotistas ou simplesmente Fantasmas. Embora cavouquem muito, eles mantêm atividade pública abaixo da necessária para quem realmente pretende seguir carreira política. Porém, seu sistema sensorial funciona muito bem e se adaptam a qualquer legenda, mesmo após jejum prolongado. Como o próprio nome diz, somente aparecem ocasionalmente para cumprir o regramento legal. Como bons sovinas, dão-se por satisfeitos ou satisfeitas a troco de alguns caraminguás ao final da corrida eleitoral.

Por último e por hoje, para não me tornar enfadonho, recomendo que os amigos atentem a outro fenômeno natural que, ao entender deste modesto Sapateiro, merece especial atenção dos eleitores. Falo agora dos Candidatos Cangurus.

Candidato Canguru é o nome genérico dado a políticos mamíferos desenvolvidos em uma bolsa (o marsúpio) onde o filhote completa seu desenvolvimento. Geralmente vivem em grupos familiares que são largamente conhecidos por seus incontidos pulos. Aqui tenho como referências estudos recentes do Royal Melburne Institute of Tecnology.

Normalmente os Candidatos Cangurus são bem tratados, seu habitat natural é seguro e a sua alimentação baseia-se em vegetais e frutas. Justamente por serem muito protegidos quando expostos aos confrontos ideológicos, ficam sujeitos a pressões emocionais que levam à fermentação excessiva da sua flora intestinal, o que ocasiona, na maioria das vezes, o afastamento do embate eleitoral por motivos óbvios e urgentes.

O número de Candidatos Cangurus é cuidadosamente monitorado pelos ecologistas partidários: existe um equilíbrio entre a necessidade biológica de conservar estas espécies e suas famílias junto às agremiações polimorfas. São indispensáveis em situações de conchavo. No entanto, sempre é bom lembrar que se houver escassez de recursos, os Candidatos Cangurus se movem com imensa facilidade e podem, a qualquer momento, saltar para melhores pastos e parcerias mais férteis.

A maior parte dos Candidatos Cangurus têm orelhas grandes e cabeça pequena, o que em nada afeta a capacidade eleitoral ou eleitoreira. Sobre o tema existe sobeja confirmação factual que dispensa qualquer evidência científica na Austrália.

Aproveito, ao término, para avisar que em correspondências futuras, de equivalente cunho científico, ou talvez ainda em novas *lives* específicas, voltarei ao tema e apresentarei curiosidades sobre o incrível mundo dos animais políticos. Algo imaginável para vocês neófitos e aprendizes.

Para terem ideia, deixo algumas pistas que poderão surgir no *Fantástico*, nas noites de domingo: Candidatos Ursos Polares não emitem calor detectável; Anfíbios Candidatos podem saltar distâncias de até cem vezes o seu tamanho; Candidatos Ratos também sentem cócegas e outras preciosidades zoológicas imperdíveis. Enfim, não votem em Candidato Gato achando que é lebre. Aguardem.

Abraços saudosos do S.B."

Agosto de 2020

OS SETE PECADOS CAPITAIS E DITADOS ANTIGOS

O Sapateiro de Bruxelas, em estado de reclusão física total e à beira de um ataque de nervos devido à Covid-19, tem se comunicado com os amigos e parceiros de cafezinho por meio de *lives*. Na linguagem da internet, *lives* são transmissões ao vivo feitas pelas redes sociais de forma coloquial, geralmente com tema específico, e atingem limitado segmento de internautas. No presente caso, nós, a velha turma do cafezinho.

Pois nesta semana, para surpresa geral, o guru, que vem abordando os mais variados assuntos no decorrer das preleções virtuais, falou de algo deveras exotérico.

Abriu a prédica com a seguinte colocação: os conceitos sobre os quais falarei hoje são conhecidos como os Sete Pecados Capitais. Portanto, tais deslizes devem ser entendidos como graves falhas do caráter humano. É igualmente certo que esse conjunto de más condutas é antiquíssimo e precede o surgimento do próprio cristianismo. Assim, mais tarde, no intuito de organizar as desobediências e apontar as faltas graves, o catolicismo os anexou ao repertório de transgressões. Desse modo, de forma didática e catalogada, ficou mais fácil à igreja controlar os instintos mais baixos de seus seguidores – pelo menos na teoria.

E o bruxelense continua: Observem que não foi tarefa simples ordenar tais imperfeições. A lista final deu um trabalhão danado. Veio a público somente no início do século XIII. Na realidade a versão divulgada foi fruto de uma anterior, lá do século IV.

De modo até surpreendente, a publicação resultou na popularização dos Sete Pecados Capitais e patrocinou uma mistura inédita entre religião, arte e cultura. Portanto, embora o esforço em descrever a origem de todos os vícios tivesse como motivo primordial facilitar e regulamentar definitivamente o cumprimento dos Mandamentos tabuados por Moisés, houve o benefício colateral de impulsionar a criatividade artística. Exemplo exponencial desse efeito é a *Divina Comédia*, obra do grande poeta florentino do século XIV Dante Alighieri – reforça o calçadista.

Superado o preâmbulo, o belga passa a divagar sobre cada um dos Pecados Capitais, acrescidos de sagazes e cortantes comentários ajustados às circunstâncias atuais.

Primeiro fala da gula, o desejo insaciável por se fartar. Na verdade, gula está relacionada ao egoísmo e o querer sempre mais e mais. Aos que não resistem em disfrutar normalmente da vida e do seu trabalho, sobra tempero e falta temperança – ensina o mestre.

O segundo pecado é a avareza. Resume-se na afeição excessiva e descontrolada aos bens materiais, além da ânsia por ganhos exorbitantes. Os gananciosos, pães-duros ou mãos de vaca fazem de tudo – de forma certa ou errada – para obterem benefícios pecuniários lícitos ou ilícitos. Os sovinas, normalmente menosprezam jovens empreendedores, colegas, sócios ou amigos necessitados. São incapazes de provar a nobreza de um gesto de generosidade.

A luxúria é o terceiro Pecado Capital. Consiste no desejo passional por prazer sensual e material; apego aos deleites carnais e corrupção de costumes. Tal desvio, quando envolvem pessoas vulneráveis, de menor cultura e situação hierárquica ou econômica inferior, chega às raias da repugnância e do nojo – afirma o mestre. O oposto da lascívia é a castidade.

O sentimento de raiva ou ódio por alguém ou alguma coisa é o quarto pecado catalogado no rol dos capitais. A ira ou cólera, além do forte desejo de causar mal a outrem, atinge, além de pessoas, organizações. Para os rancorosos, quanto pior melhor. Os irados são permanentemente intolerantes e ignoram a paz de espírito e a paciência.

A inveja, que deriva do latim *invidia*, se manifesta como o desejo doentio por dons, habilidades ou posses do outro, além do desgosto pela felicidade alheia. É a quinta falta comentada pelo artesão que explica: O invejoso desvaloriza os próprias bens, pois prioriza a secação ao status alheio. Despreza o que possui e cobiça o que é do outro. Por sentirem-se inferiores, os invejosos passam a vida sofrendo e jamais praticam o altruísmo ou a caridade a quem quer que seja.

A preguiça é o penúltimo pecado abordado pelo mestre. Caracteriza-se pela desordem, falta de capricho e pontualidade. É conhecida como a mãe de todos os vícios. O preguiçoso é identificado pela negligência e desleixo consigo e com os outros – inclusive com os que dependem dele ou acorrem aos seus serviços, pois não sabem ser diligentes ou do bem servir – ratifica o artesão.

A soberba é o sétimo e último pecado analisado. Está associada à arrogância e à vaidade. O orgulhoso se acha superior aos outros, embora na verdade seja, no mais das vezes, um rematado imbecil. A humildade é o seu oposto, afirma o artífice.

Naturalmente, como é do seu feitio, ao encaminhar o fecho da *live*, o Sapateiro exorta os amigos: Vocês acham que uma só pessoa, um só canalha, um só velhaco poderia reunir tantas maldades?

E, de pronto, ele mesmo responde: Pois eu lhes asseguro que sim. Infelizmente conheço alguns e um em especial que detém todas essas deformações e outras tantas mais. Além de viver de futricas, é um grande mentiroso, explorador, seborreico, feioso e esganiçado. Certamente, por obra do satanás, essa criatura existe e, infelizmente, segue semeando a discórdia por onde passa: ora protagoniza trapaças, intrigas, calúnias e verdadeiros incêndios morais; ora banca o bombeiro, o apaziguador, o inocente, na armação do próximo golpe ou mesquinhos privilégios.

Mas para alento geral dos parceiros de café, ao encerrar a *live* o Sapateiro de Bruxelas lembra de sua querida avó, idosa italiana com 112 anos, que invariavelmente lhe diz: *Al diàol al fa la pignata ma 'l fa minga 'l cuèrc*. Ou seja: O diabo faz a panela, mas não faz a tampa. E assevera: o mal ensina a fazer ações ruins, negativas, comprometedoras, mas não ensina a mantê-las escondidas ou a desfazê-las. O capeta ensina a roubar, por exemplo, mas não dá garantias quanto ao esconderijo do roubo. As conversas astutas, as malvadezas, os convencimentos íntimos podem funcionar como verdadeiras panelas ou panelinhas de pressão para esconder as ações deploráveis, mas nunca são suficientes para mantê-las ocultas ou tapadas para sempre. O ratão que pratica atos recrimináveis ou más ações às escondidas, sempre deixa algum rastro ou vestígio que põe a descoberto suas obstinadas intenções.

E finalmente se despede com mais um ditado ancestral: *Tanto l'é ladro quél che roba cóme quél che tèng la scala.* Ou em português castíssimo: Tanto é ladrão aquele que rouba como aquele que segura a escada.

Outubro de 2020

CÓCEGAS E MATURIDADE

O Sapateiro de Bruxelas, em lugar incerto e não sabido, mantém isolamento social recomendado à sua faixa etária, no decorrer da pandemia. Embora seja atleta e esteja em plena forma e vigor físico e mental, além dos outros vigores darem perfeitamente pro gasto, como recentemente adentrou a idade octogenária, prefere manter-se solitário e afastado do vírus chinês. No entanto, é certo que alguns amigos e maledicentes de sempre duvidem e até apostem na inverdade de seu atual estado celibatário. Mas tais comentários insignificantes ficam para outro dia. De qualquer forma, segue o artesão com suas *lives* semanais, abordando os mais variados temas.

Depois de transitar por ciências diversas como literatura, epidemiologia, zoologia, esoterismo e escambau, o mestre se debruça sobre assuntos mais sensitivos ou somáticos – interessantíssimos ao seu entender –, tais como cócegas e risos.

Segundo definição do artífice, cócega é uma reação primitiva, particular e intransferível que pode ser irritante ou agradável, a depender da situação da vítima, do executor ou executora. Tal reação provoca movimentos espasmódicos e em geral riso incontrolado. A popular cosca, geralmente é produzida por leve roçar ou repetidos toques ou fricções suaves, em determinados pontos do corpo.

E continua: assim como os animais, os humanos reagem instintivamente no intuito de se livrar daquilo que lhes causa incômodo ou – em certos casos e ocasiões específicas –, aceitar e até prolongar a submissão que pode evoluir para demoradas carícias.

Explica o douto belga: – Nosso corpo tem terminações nervosas que são receptores de sensibilidade boas ou más, delícias ou dores. As vias neurossensitivas por onde transitam os sofrimentos são as mesmas das cócegas e até dos bons arrepios.

Por outra, alguns cientistas acreditam que o riso causado por cócegas é um reflexo instintivo e absolutamente primordial. Desse modo, dependendo do evento e dos envolvidos, as cócegas também podem estar associadas a sensações eróticas – aprofunda o estudioso dos fenômenos psicossomáticos e amorosos.

E a sapiência do calceteiro chega a detalhes anatômicos surpreendentes quando afirma que o corpo humano tem mais de quatrocentas zonas cosquentas ou erógenas, que ao serem tocadas causam alegria ou excitação. O arrepio, como dito antes, pode ser uma reação de defesa ou medo, mas também pode estar associado ao desejo. Tudo vai depender de como o cérebro de cada um ou cada uma interpretar a sequência de estímulos prévios – explica o estudioso de fisiologia.

E diz mais: além de trazer aquela sensação de bem-estar que todo mundo conhece e que dispensa maiores delongas, o riso é um grande aliado da saúde: previne diversas doenças – especialmente as coronarianas –, além de auxiliar o organismo a cumprir as suas funções diuturnas e principalmente noturnas – assegura o artesão.

Ainda revela que pesquisadores australianos e neozelandeses observaram que o riso e as cócegas podem ajudar na melhora da hipertensão arterial; pois o ato de sorrir relaxa os vasos sanguíneos e faz com que a circulação aconteça mais livremente.

Também afirma o mestre, embasado em farto material científico e consolidados conhecimentos práticos, que, durante uma boa gargalhada, os níveis de cortisol e adrenalina baixam muito e reduzem a sensação de estresse. A par das benéficas mudanças, o cérebro passa a produzir endorfina, hormônio que deixa as pessoas mais relaxadas, felizes, lindas, leves, soltas.

Todas essas alterações endócrinas contribuem com o sistema imunológico, que, estimulado, reforça as defesas do organismo. Desse modo, os cosquentos e risonhos praticamente ficam blindados a doenças infectocontagiosas, como a Covid-19. Mas é melhor não arriscar – orienta o calceteiro.

E acrescenta: uma boa "gaitada", forte, sonora e prolongada, exercita o diafragma, contrai o abdome e trabalha a musculatura dos ombros, além de queimar três a quatro calorias; cem risadas equivalem a quinze minutos de bicicleta ergométrica – estima o sábio.

Rir, além de limpar os pulmões, melhora a digestão, pois promove movimentos diafragmáticos que fazem uma espécie de massagem propositiva no sistema gastrointestinal – completa o bruxelense.

Para quem gosta de números, o Sapateiro calcula que pessoas normais, saudáveis e felizes riem de cem a quatrocentas vezes por dia. A média dá cerca de dois mil e oitocentos risos semanais e cento e quarenta mil risos anuais. Reforça ainda que os bobos alegres geralmente estão fora da curva, pois costumam rir mais que a média. Por último, reforça que cientistas descobriram que o riso é contagioso. O som da alegria é percebido de longe pelo cérebro saudável, que, por sua vez, está sempre disposto a diversões. Também está cientificamente comprovado que mulheres riem mais que os homens – principalmente quando estão reunidas entre si. Assim fica comprovado, de forma lógica e sexual, que o riso melhora a agilidade, a criatividade e a memória.

O Sapateiro de Bruxelas aproveita para informar aos seus amigos e parceiros que atualmente tem se divertido e rido muito, inclusive com a campanha eleitoral vigente e grosserias gratuitas paralelas. Diz ainda que política e grossura – com a doce maturidade alcançada – causam-lhe imensas e deliciosas cócegas mentais, bem diferente das dores de cabeça, rancores ou indiferenças que curtia no passado.

Como entendido em zoologia, encerra a *live* informando que, no mundo animal, hienas realmente riem, mas não por causa de coisas engraçadas. Elas riem quando estão no cio anual ou quando estão à espreita de alguma vítima. Quanto às antas, há fortes indícios e suspeitas inquestionáveis de que insensíveis não apreciam cócegas ou carícias.

Assim, aconselha aos amigos e amigas total recato e atenção ante certas fisionomias ilustres, matreiras e dissimuladas que transitam pelas mídias sociais nesses tempos bicudos – especialmente no Facebook. A vida não está fácil para ninguém, e seria deveras lastimável ser atropelado, mesmo que virtualmente, por qualquer dessas figuras sorrateiras que vagam na internet à procura de encrenca, discórdia e infelicidade alheia, avisa o velho belga. Finalmente deseja saúde, cócegas e risos a todos. Enigmático, se despede da turma do cafezinho ao citar Nietzsche: O que é o macaco para o homem? Uma risada ou uma dolorosa vergonha.

Outubro de 2020

DEBATES ELEITORAIS E AVENTURAS
DE CAPA E ESPADA

O Sapateiro de Bruxelas persiste em estado de clausura por motivos sanitários em decorrência do isolamento social preconizado pelas autoridades igualmente sanitárias. Na vigência da pandemia, se comunica com o mundo por *lives* semanais que emanam não se sabe de onde e nem bem para quem. Porém, o mestre guarda as características absolutamente peculiares em suas preleções, entre as quais a total diversidade de assuntos – frequentemente enveredando às raias do absurdo.

Na corrente semana, o artífice volta a surpreender a turma do cafezinho ao reincidir em temas literários. Mais especificamente, aborda as chamadas aventuras de capa e espada – aliás, um dos gêneros de escrita favoritos do artesão.

Segundo o calçadista, o termo é usado para definir um determinado modelo de romance histórico, normalmente ambientado na Europa entre o Iluminismo e as Guerras Napoleônicas. Tais brochuras se caracterizam por conteúdo repleto de peripécias, reviravoltas e suspense, que invariavelmente culminam em escaramuças e duelos.

Anteriormente, no século XVII, havia a *comédia de capa e espada*, gênero teatral originário da Espanha, com destaque para os dramaturgos Calderón de la Barca e Félix Lope de Vega. As peças eram recheadas de intrigas, tragédias e outros incidentes que também podem ser observados nos contos de cavalaria medieval, como nas lendas de Robin Hood ou do Rei Arthur, ensina o literato.

Os progressos alcançados no campo da metalurgia no período da Renascença propiciaram a introdução de novas espadas, cujas lâminas leves, compridas, finas e flexíveis eram capazes de causar graves ferimentos aos violentos e inflamados discordantes. Semelhantes engenhos também eram conhecidos como rapieiras ou roupeiras e substituíram com inúmeras vantagens as pesadas armas de épocas anteriores, que dependiam mais da força bruta dos gladiadores que da agilidade dos espadachins – reforça o sábio.

Já os primeiros romances do tipo foram publicados em formato de folhetim durante o século XIX, por autores mundialmente consagrados como Walter Scott e Alexandre Dumas. Vejam que os enredos de capa e espada formam uma espécie muito particular de ficção. As narrativas envolvem protagonistas exímios e implacáveis, que se empenham em fazer prevalecer o que é correto e direito. Invariavelmente as tramas apresentam heróis com particular aptidão para uma boa luta, cultuam a arte da esgrima e estratégias criativas, além de muita classe e rara sagacidade no desenrolar da história.

Há uma longa lista de espadachins que combinam coragem excepcional, excelência em combate, desenvoltura física e distintivo sentido de honra e justiça. Esses homens tradicionalmente desenvolvem forte camaradagem entre si, são extremamente leais, além de se divertirem juntos em várias situações de peculiar cordialidade e companheirismo.

Mas ninguém é perfeito – acentua o preletor. Esses mesmos cavalheiros apresentam alguns desvios de conduta, quando não de caráter, pois são particularmente exibidos, orgulhosos, aventureiros e costumazes fanfarrões; facilmente se envolvem com prostitutas, apostas, bebida e brigas. É comum, em extravagâncias de tavernas, insultarem e humilharem os adversários publicamente, afirma o experiente belga.

Enfim, resume ao afirmar que o personagem principal desse gênero literário é heroico, idealista ao extremo, desassombrado e especialista em resgatar donzelas em perigo. Por outra, seus adversários clássicos são tipicamente caracterizados como traiçoeiros, covardes e ardilosos – iguaizinhos aos vilões atuais.

Assim, com a proximidade dos programas e debates eleitorais na TV – que em nada se assemelham a duelos de probidade –, ora potencializados pelas baixarias nas redes sociais da internet, o bruxelense tece as derradeiras considerações da *live*:

"Recomendo aos companheiros de café, no transcorrer da campanha política, usarem o tempo disponível à leitura das seguintes e edificantes obras: *Os Três Mosqueteiros, O Conde de Monte Cristo, Ivanhoé* e *O Vingador do Rei*, entre outras. No entanto, caso algum dos parceiros não seja chegado à leitura, recomendo que assista divertidos filmes como *Scaramuche, O Capitão Blood, O Gavião do Mar*, ou ainda *A Vingança de Milady* – o mais fraquinho de todos, mas com performance deliciosa da memorável Rachel Welch. Certamente, ao final do período, além de enriquecidos pela nobreza da cultura, todos sentir-se-ão melhores por não terem participado – sequer como espectadores – de um processo que muitas vezes descamba para mentiras, vilanias, insultos e ataques pessoais.

Alerto ainda aos amigos que se arriscarem a presenciar o famigerado Horário Eleitoral que não esperem um espetáculo de idealismo, sagacidade ou cavalheirismo entre os contendores. Certamente as lutas encarniçadas serão bem menos virtuosas que as descritas nas citadas obras vitorianas.

Infelizmente o clima político reinante na atual campanha eleitoral tende a ser o de briga de bar, que por vezes descamba para pancadaria e termina por envolver gigolôs, prostitutas e seus diretos e diletos descendentes."

Com essas colocações pouco elegantes, o Sapateiro de Bruxelas se despede da turma e deseja um excelente e divertido feriadão a todos. Espera voltar na próxima semana, principalmente se permanecer isolado do mundo, tão somente dedicado à leitura e ao resgate de alguma donzela em perigo – ainda que reste para ele, nesses tempos de retiro compulsório, não mais que a boa intenção.

Outubro de 2020

FINADOS E LUZ!

"Mais luz!" Estas foram as últimas palavras de Johann Wolfgang von Goethe, o maior escritor alemão, em seu leito de morte.

Há alguns anos, li uma crônica de Carlos Heitor Cony sobre a data destinada aos finados – e não mais esqueci. Contava o acadêmico, com sua agradável prosa, uma historinha que reflete bem o que muitos sentem nesse dia e, no mais das vezes, não sabem como externar. Cheguei a guardar o recorte, mas acabei perdendo-o com o tempo, como se perdem muitas coisas boas da vida nas gavetas, arquivos, computadores e na própria memória.

Dizia o mestre mais ou menos assim:

Eis que estavam num castelo, no interior da Inglaterra, um lorde e seu mordomo, a contemplar a pradaria ao cair da tarde. A paisagem era límpida, verdejante, e só se ouvia e sentia o leve sussurrar da brisa que soprava do poente. O lorde, acomodado em sua poltrona, fumava um bom cachimbo e contemplava absorto o horizonte, onde se acumulavam nuvens cinzas sob o sol preguiçoso. O mordomo, que se chamava James (não sei por que todos os mordomos ingleses se chamam James), aproximou-se com um *whisky* e ofereceu-o gentilmente ao senhor. Pelo momento e delicadeza, aproveitou o clima para puxar conversa. Ao mirar as densas nuvens que se aproximavam da casa, James falou ao lorde: "*Sir*, creio que teremos chuva ao final da tarde..." Indagação prontamente respondida pelo patrão com fleuma dos lordes: "Engano seu, meu caro James. De forma alguma teremos chuva ao final da tarde. Na verdade, você terá a sua chuva e eu terei a minha", dando a conversa definitivamente por encerrada.

Tal relato mostra com propriedade como as coisas são e acontecem diferentemente para cada um e cada qual. A chuva do lorde não era a chuva do James; tampouco a chuva do mordomo pertencia ao lorde. Embora fosse a mesma chuva, cada um a via e a sentia de forma peculiar, a seu modo e jeito.

O mesmo acontece com os nossos mortos, que por convenção ganharam um dia comum, 2 de novembro, mas que de forma alguma são lembrados ou pranteados da mesma forma. Cada um tem os seus ausentes, suas dores guardadas no fundo do coração, suas saudades infinitas e irremediáveis. Ninguém, por mais que queira, consegue ouvir o choro aflito e silencioso que o outro guarda no peito ante a partida dos que mais ama.

Fique o amigo leitor com suas dores, suas saudades, suas ausências e entenda que a vida é assim mesmo; fique quieto, não reparta com ninguém o que é impossível dividir. Fique com os seus mortos que eu fico com os meus; fique também com a sua chuva que não é a mesma que a minha, embora molhe a nós todos.

Para desanuviar um pouco o ambiente e esta crônica, lembro Machado de Assis, que, com sua eterna sabedoria, um dia escreveu: "Está morto. Podemos elogiá-lo à vontade".

Mas, por hoje chega, não vou mais falar em morte. Talvez até fale de aniversário, que é aquela data curiosa que comemoramos por estar um ano mais próximos da morte. E, para finalizar, um último e útil lembrete: se o amigo leitor tem mais de 50 anos e acordar certo dia sem nenhuma dor, cuidado! Você pode estar morto e não sabe. Na dúvida, faça como Goethe, peça luz e veja o que acontece.

Novembro de 2020

BONS HOMENS, BOAS AÇÕES E O SENTIDO DA VIDA

Sócrates, o mais sábio dos homens, dizia que a chave, o segredo da plenitude humana está no autoconhecimento. No portal do Templo de Delfos, dedicado a Apolo, deus da beleza e da perfeição, oráculo da Antiguidade grega, havia a inscrição "Conhece-te a ti mesmo", um provérbio popular, mais tarde atribuído a diversos expoentes, entre os quais o próprio Sócrates, além de Tales de Mileto, Heráclito e Pitágoras.

Na visão de Maquiavel, pensador florentino do Renascimento Italiano, em *O Príncipe*, "O homem é mau por natureza, a menos que precise ser bom". De forma um tanto diferente, Thomas Hobbes, notável intelectual inglês do século XVII, em *Leviatã*, explica que a natureza humana é má e, por decorrência, o homem é essencialmente mau. *Lupus est homo homini lupus* é uma expressão latina que significa "o homem é lobo do próprio homem", apresentada por Plauto, dois séculos antes de Cristo, em sua obra *Asinaria*.

Já no século XX, Jean Paul Sartre, existencialista francês, disse que "o inferno são os outros", porque o inferno consiste em relativizar nossa inércia e nossas ações, sempre nos comparando a outrem. Portanto, de acordo com Sartre, estamos continuamente nos sentindo melhores ou piores que alguém. E quando o desprezo, o olho grande, a raiva, a vilania emergem com maior intensidade e rigor, nossas fraquezas afloram e passamos a agir entre defeitos, imperfeições e maldades próprias de cada um: a natureza inferior se revela, por sentimentos negativos e na disposição de praticar o mal. Tudo isso se agrava ainda mais na ausência da autocomplacência, nas frustrações acumuladas, nos desprezos pessoais, adicionados ao egoísmo, a intolerância e a soberba de alguns.

O mesmo grande Sócrates ainda sustentou que nenhum indivíduo era capaz de praticar o mal conscientemente, mas que o mal era um resultado da ignorância e falta de conhecimento próprio.

Mais tarde, Jean-Jacques Rousseau, suíço iluminista do século XVII, que tinha na liberdade o valor supremo, disse: "o ser humano nasce bom, a sociedade o corrompe". Ou seja, o homem possui uma natureza boa que é adulterada pelo processo civilizador. Para o helvético, as ações humanas não passam de reações ao meio em que se vive, por conseguinte sujeitas às agruras e sinuosidades das regras sociais vigentes em cada época e local.

Para um dos pensadores mais queridos da Espanha da primeira metade do século XX, José Ortega y Gasset, todas as coisas estão em permanente processo de mudança. Por isso a vida, do início ao fim, é um completo e complexo aprendizado. Disse o ensaísta ibérico que não é possível chegar ao entendimento de si mesmo sem perceber as próprias condições de tempo, lugar ou modo de existir. O homem é o homem e suas circunstâncias – asseverava o erudito madrilense.

Diante de tantos, tão amplos e profundos conceitos, pessoalmente prefiro acreditar em formulações bem mais frugais, simples e modestas. Creio piamente nas pessoas de coração imenso e doces sentimentos familiares; naqueles que no decorrer de sua existência sempre mostram e ensinam que o bom caminho para ser trilhado requer redobrada força de vontade, firmeza de caráter e total determinação; creio naqueles que, estão sempre prontos a romper com o nocivo, com os lobos e com o que é prejudicial ao coletivo; creio naqueles que, invariavelmente acessíveis, estão sempre dispostos a acolher e dar vida a ideias propositivas e inovadoras; creio naqueles que constantemente se dedicam às causas legítimas e fazem com que suas intenções resultem – de fato – em realizações pessoais e grandes obras para engrandecimento comum.

Portanto, creio que é impossível ser bom com outros se não se é bom consigo mesmo. E só seremos bons com nós mesmos quando nos conhecermos profundamente, nos aceitarmos e nos gostarmos como realmente somos e do que fazemos. Aí sim, aceitaremos ao próximo realmente como ele é e na sua função, sem rancores, desgostos ou correções. Somente unidos construiremos um mundo melhor para todos.

Finalizo ao citar Sri Prem Baba, mestre brasileiro, que diz: "porque, embora o amor seja a seiva da vida, ele é como a própria respiração: se tornou tão esquecido, tão escondido que é como se fosse algo desconhecido". Entendo que essa afirmação é tão triste quanto real. E recomendo refletir profundamente quando nos dermos alguns minutos de paz ou arrumarmos um tempinho de sobra para pensar sobre o verdadeiro sentido da vida. Vida que é dádiva divina, mas por nós, muitas vezes, desprezada.

PS: Esta crônica é dedicada à memória de José Rovílio Meneguzzo, exemplo de bondade, inspiração e realizações à história de Erechim.

Novembro de 2020

A REALIDADE, OS NEGÓCIOS E O APERTO DE MÃO

Há décadas em que nada acontece e há semanas em que décadas acontecem.

A frase do revolucionário comunista russo Vladimir Lenin (1870-1924), gostemos dele ou não, resume, de certo modo, o que virou o mundo em tempos de pandemia. De uma hora para outra a Terra virou um campo de batalha entre a raça humana e o microrganismo chinês. Enquanto milhares foram jogados à linha de frente qual infantaria adestrada no combate ao vírus pernicioso e letal, outros tantos tiveram que trocar salas de reuniões pela tela do computador, a fim de desempenharem seus trabalhos, funções e ações de forma remota.

Há tempos, como jovem médico destemido, estaria na primeira linha, aliás como ali permaneci por mais vinte anos, junto a um grupo de leais e competentes colegas pediatras. Unidos, implantamos e desenvolvemos a terapia infantil na nossa cidade a partir de meados da década de 1980. Jamais fugimos à luta.

Hoje, pertencente ao grupo de risco por vários fatores, entre os quais a idade, estou na terceira ou quarta linha, atuando nas estratégias e organização das defesas dos pacientes e dos médicos. Porém, mantenho o mesmo ímpeto e ética que sempre me guiaram.

Daqui, percebo bem imensas mudanças no campo de batalha em que se transformou o planeta e particularmente nossa região. Tudo acontecendo numa velocidade exponencial e aparentemente não percebido por alguns. Outros parecem até querer tirar uma lasca da situação terrível.

Vejam como tudo mudou: o salto do comércio digital, por exemplo, é um dos mais notados. Só no primeiro semestre de 2020 foram 7 milhões de novos compradores, representando acréscimo de 47% no volume de vendas on-line, apenas no Brasil. Como não poderia deixar de ser as mudanças na área da saúde também foram espantosas, com ênfase no gerenciamento de dados em tempo real, além do providencial aperfeiçoamento e troca de informações entre profissionais médicos, consultorias especializadas, atualizações científicas e novos protocolos de tratamento amplamente disseminados.

Tal contexto, na extensão da tragédia mundial, impôs e impõe gigantescos desafios – e abre um leque imensurável de oportunidades – às pessoas comuns, médicos, empresas de todos os tipos, ramos e caráter.

Hoje, no entanto, quero me fixar apenas nos sentimentos, e sua importância para a vida de cada um e, igualmente, para as relações institucionais.

Durante a maratona interminável de reuniões via Teams e Zoom (plataformas que vieram para ficar), acho que entendi melhor o que o filósofo grego Aristóteles (384 a.C.-322 a.C.) quis dizer há mais de 2.000 anos quando falou: o homem é um ser social, que precisa das relações e do convívio constante.

Aliás, o isolamento forçado de 2020 aguçou essa necessidade, levando-a ao extremo: mais que nunca percebemos que necessitamos uns dos outros para nossa saúde mental, e quiçá física, se manter equilibrada.

Nesse sentido, se é verdade que queremos o melhor da tecnologia, tendo tudo ao alcance de um clic, não menos verdadeiro é que também queremos a proximidade, o toque, o cheiro e a atenção pela presença de seres humanos, tão falhos e cheios de defeito quanto eu, ou – talvez bem menos – como vocês, meus bons leitores ou leitoras.

Administradores, CEOs e dirigentes de empresas de Saúde ou não, me permitam uma observação: o ideal é obter equilíbrio entre saídas tecnológicas para desintermediar e facilitar o contato, o acesso ou as compras ou serviços e, simultaneamente, evoluir na qualidade das experiências – como ensina meu amigo publicitário e escritor Arthur Bender, em sua vasta obra.

No presente, entendo que o grande desafio das entidades (especialmente no ramo da saúde) não é apenas tecnológico ou comercial, como alguns acreditam, mas sim sair do meramente "transacional para o relacional" – aliás, sempre prioritário, no meu modesto e perseverante entender.

Assim espero que as semanas derradeiras deste (in)esquecível 2020, com a ansiada chegada da vacina, ocorram de forma menos traumática e inaugurem as décadas seguintes no seu curso 'normal'. Essa dura lição jamais será esquecida pelos sobreviventes da atual pandemia.

Por outra, sob a perspectiva da vida privada, sigo desejando compartilhar um cafezinho e boas conversas, preferencialmente em boa companhia. Que falta faz um abraço, um aperto de mão sincero; que falta faz a verdade do olho no olho, mesmo nas relações negociais.

Novembro de 2020

COVID-19 E A OBRIGAÇÃO DE NAVEGAR PARA O FUTURO

O historiador francês Jacques Le Goff (1924-2014) sustenta que usamos o recorte da história para indicarmos um estado de evolução das sociedades, expressando a "ideia de passagem, de ponto de viragem". Primeiro, tivemos a Idade Antiga ou Antiguidade, período que se estende da invenção da escrita pelos sumérios (de 4.000 a.C. a 3.500 a.C.) até a queda do Império Romano do Ocidente (476 d.C.). Em seguida, veio a Idade Média, que durou quase mil anos até ser sobrepujada pelo Renascimento, em meados do século XIV, quando as artes, a cultura e o humanismo prevaleceram decisivamente, tendo como berço a Itália, principalmente Florença.

A partir de 1453, a conquista de Constantinopla pelos otomanos trouxe a Idade Moderna, que teve como motor principal, ao meu modesto entender, a invenção da prensa com caracteres móveis por Johann Gutenberg em meados de 1430. Seguiu vigente até a queda da Bastilha, em 1789, invadida pela população parisiense exaurida pelas injustiças do absolutismo. Desse momento em diante, passamos a viver a Idade Contemporânea, que, até sugestão melhor, ou algo que a redefina, vigora enquanto escrevo essas mal traçadas linhas.

A questão que se impõe é a seguinte: seria a atual pandemia parte de um novo ponto de viragem?

Difícil antecipar. O tempo, os estudiosos e o futuro certamente dirão.

Enquanto isso, não resta dúvidas, a história está sendo vivida por cada um de nós. Homens, mulheres, crianças, idosos. O certo é que realidades diferentes foram "aproximadas" e afetadas, de diversas formas, pelo maldito vírus chinês.

Há algo, porém, que me parece mais que límpido e cristalino: na era da Covid-19, a necessidade de cooperarmos uns com os outros não é opção, e sim questão de sobrevivência da espécie. Aqui me refiro claramente à espécie humana, que de modo particular, diferente de outras espécies animais, não costuma ser colaborativa com sua raça. Não raro, tende a explorar ou maltratar seus semelhantes.

Igualmente, faz-se límpido e cristalino que no mundo pós-Covid a escolha pela inovação tecnológica deixa de ser condicional e torna-se imperativa. De tal forma que essa assertiva ora vale para nossas vidas privadas e profissionais – principalmente profissionais liberais.

A inovação digital está sendo o novo motor para iniciarmos a retomada, como outrora foram a escrita e a prensa. Graças a essas invenções, saímos de períodos obscuros e chegamos ao atual estágio do conhecimento científico.

Também e principalmente, graças à evolução dos espíritos arejados e despojados, que aceitaram, usaram e usufruíram das novas tecnologias de suas épocas, chegamos a um grau elevadíssimo de conforto, segurança e saúde jamais sonhados. Isso tanto é verdade que em menos de um ano se obteve a fabricação em larga escala de uma vacina contra um vírus mortal – diga-se de passagem, talvez igualmente preconcebido e estudado.

Hoje, cientistas, médicos e uma infinidade de outros profissionais da saúde do mundo inteiro compartilham dados e saberes a fim de encontrar e viabilizar tratamentos ou alternativas preventivas para garantir a vida de sete bilhões de pessoas que povoam o planeta Terra.

Uma das prioridades atuais é facilitar o acesso aos serviços de assistência, tanto hospitalar como médica. As facilidades oferecidas há alguns anos pelo sistema bancário, e logo assimiladas pelo comércio eletrônico, finalmente chegam à saúde. Basta um "clic" e tudo aparece ao alcance dos olhos e na ponta dos dedos.

Assim, cooperar com modernidade parece ser o modelo ideal para reconstruirmos economias, países e pessoas, aproveitando o que de melhor homem e máquina têm a oferecer.

Em suma, para prosperarmos, devemos lembrar que não somos apenas um elemento isolado, e sim estamos juntos no mesmo barco.

O mar revolto, porém, indica que, se utilizarmos mapas antigos, navios avariados e lunetas embaçadas, teremos dificuldades em suplantar a terrível tormenta.

É aí, nesse possível ponto de viragem, que entra a "inovação", palavra que deriva do termo latino *"innovatio"* e se refere a uma ideia, método ou objeto que é criado e que pouco se parece com padrões anteriores.

Inovar, porém, não é simplesmente "inventar algo novo", mas sim fazer a diferença, alcançando novos resultados, por meio de novas ideias e ações.

Na atividade médica, o prontuário eletrônico e a monitorização de pacientes a distância são exemplos simples e brilhantes de inovação. E há outras novidades em curso, via de regra, muito bem-vindas, que, ao favorecer o acesso dos clientes aos serviços, não enfraquecem a relação médico-paciente; pelo contrário, a reforça. Vejo, sob essa perspectiva extremamente prática e intuitiva, um futuro promissor e de intensa aproximação entre as partes envolvidas.

De alguma forma – e indo além do universo médico –, os rápidos avanços tecnológicos seguirão mudando o jeito como vivemos, oferecendo novos produtos e serviços, afetando diretamente a economia por meio de um crescimento descrito por Peter Diamandis, cofundador da Singularity University – a qual visitei em viagem ao Vale do Silício –, baseado nos 6Ds das tecnologias exponenciais.

Penso que não há como escapar disso – sinceramente, acredito, saúdo e aplaudo esses novos recursos. Segundo Diamandis, digitalização, decepção, disrupção, desmonetização, desmaterialização e democratização estão na rota do presente e, fundamentalmente, do futuro desta grande nau em que estamos todos embarcados.

Seja você empresário, estudante, advogado, engenheiro, jornalista, professor, dona de casa ou médico, enfim, saiba que os 6Ds já existem e fazem parte da sua vida atual e futura.

Portanto, tudo isso já está aí. Vigente, valendo, às ganhas. Mudando nossas vidas, enquanto procuramos, resilientes – e irmanados –, seguir em frente.

Negar tais avanços, em nome de um saudosismo romantizado ou mesmo reserva de mercado, pode afundar a canoa de muita gente e até o barco de alguns – mesmo que momentaneamente a nave tenha o porte de um *Titanic* lá de 1912 ou a soberba da Invencível Armada Espanhola aniquilada pelos ingleses em 1588.

As viradas e passagens acontecem, independem da vontade ou falta de vontade das pessoas.

Para fechar, cito Pompeu, grande general romano de 70 a.C., e seus célebres plagiadores, que no decorrer dos séculos repetidamente dizem: navegar é preciso, viver não é preciso.

PS: deixo registrado meu profundo sentimento de dor pela passagem do querido amigo e colega Dr. Ricardo Menegolla. Que Deus conforte sua família e o receba em Sua morada.

Dezembro de 2020

#SOMOSTODOSMARIPOSAS

O Sapateiro de Bruxelas é apaixonado pela literatura. Há uma lista imensa de autores e obras a que devota legítima veneração, entre as quais A *metamorfose*, a mais célebre novela de Franz Kafka e uma das mais importantes de toda a história da arte literária.

Segundo o artesão, o livro escrito em novembro de 1912, concluído em apenas vinte dias, e publicado em 1915, mostra um indivíduo excluído da ordem das relações humanas, subtraído das qualidades inerentes à sua personalidade; alguém completamente sem autonomia e autodeterminação.

Na obra, Kafka descreve o caixeiro-viajante de nome Gregor Samsa como um sujeito que, aos poucos, abandona suas vontades e desejos para sustentar a família e pagar as dívidas dos pais; um "escravo do sistema patriarcal", muito em voga à época.

Vivendo dessa forma, certa manhã, Gregor acorda metamorfoseado. Da noite para o dia, ele vira um inseto monstruoso, no caso uma horrenda e asquerosa barata.

A par da forma desumana apresentada na breve novela, o Sapateiro observa, entre outras ilações fantásticas propiciadas pelo genial autor, o reflexo da intolerância à quebra de padrões previamente estabelecidos.

Lembra que a palavra "metamorfose" vem do grego *metábole*, e significa mudanças, referente às transformações que ocorrem na estrutura, na forma do corpo e até mesmo na forma de vida de alguns organismos durante seu desenvolvimento.

No entender do bruxelense, tais alterações incluem, sem dúvida, o modo de pensar e agir de algumas pessoas ou determinados grupos humanos.

Afinal, ninguém quer ser barata, reflete distraído o belga – para em seguida ser interrompido em suas digressões por uma mariposa inquieta, que bate na luz da TV ligada.

Prontamente, seu raciocínio vai de um inseto ao outro e o calçadista, estudioso da etimologia, lembra-se que a palavra "mariposa" é de origem castelhana, fruto de uma composição de "Maria" (*Mari*) e do imperativo do verbo "*posar*" (em português *pousar*), "*posa*".

Diferentemente das baratas, o Sapateiro não tem ojeriza às mariposas, até as admira, embora tenha dificuldade em entender o curioso comportamento de voar em círculos em torno das luzes – o que tecnicamente é chamado de fototaxia, segundo o minucioso artesão, principalmente das luzes artificiais, como a sua TV.

Observando o inseto voar para longe, talvez à procura do lumiar de algum celular ou tablet, o sábio retorna ao seu laptop e, com os olhos brilhando, dedilha em seu computador uma frase digna de Kafka, ou, ao menos, ele julga sê-la:

– A luz hipnótica das telas de TV, celulares e dos computadores nos transforma na atualidade em grandes insetos, imensas mariposas que aos bandos estão povoando todo o planeta Terra. Nossas vidas passaram a girar em torno de telas luminosas. Enfim, hoje, #somostodosmariposas.

Empolgado, o Sapateiro vai além:

– Parece que vemos melhor as coisas, pessoas e paisagens nas telas planas do que ao vivo. Vide a transmissão de eventos esportivos e documentários turísticos das diversas redes de comunicação massiva. Porém, ao mesmo tempo que estamos conectados com o mundo por esses brilhos azulados, não temos tempo de falar com quem nos cerca: colegas, amigos e familiares. Viramos uma mistura de baratas-mariposas – trancafiados em casa atraídos pelas luzes das informações *fastfood*, porém desconectados das pessoas e dos sentimentos que, realmente, valem a pena ser humanamente vividos.

A forma como nos comportamos perante estes objetos de manipulação mental coletiva, reflete o Sapateiro, que agora observa a mariposa pousada novamente na TV – ao que parece assistindo ao BBB –, faz com o corpo o mesmo que faz com o espírito.

Passamos a ter preguiça de pensar, sentir, tocar, trocar experiências e ouvir os outros.

Renunciamos ao convívio fraternal e familiar; com parentes, amigos ou vizinhos; aos bons livros e as músicas maravilhosas;

não frequentamos mais lugares públicos; não suportamos mais a presença física das pessoas. Tudo isso profundamente agravado pela nefasta pandemia do coronavírus.

Infelizmente, afirma o bruxelense, parece que preferimos nos comunicar por meios digitais e eletrônicos.

Hoje, incrivelmente, até a morte obedece a esse ritual infame. Os doentes terminais são afastados do seu ambiente e simplesmente "desligados", privados do último abraço, do último adeus.

As pessoas estão proibidas de morrer em suas próprios lares e camas, rodeadas de afeto, acompanhadas de vozes, rostos e objetos familiares que desde sempre fizeram parte das suas vidas. Resta-lhes apenas a sutil claridade, os cheiros enjoativos, o som compassado e inclemente dos monitores que anunciam o fim próximo.

Enquanto isso, nesse mesmo tempo, os vivos seguem procurando a luz – que não vem de dentro, mas das telas. Mariposas com perfil de baratas ou baratas com perfil de mariposas, vão adiante, em circulares voos rasantes, sem necessariamente saber para onde e nem por quê.

Conclui o artífice que tudo isso ocorre porque muitos de nós, insetos mentais, não temos mais tempo nem interesse por nada que não seja o brilho supérfluo das telas, telinhas e telões.

O Sapateiro de Bruxelas finalmente compreende que, passados milhões de anos de evolução da orgulhosa espécie humana, nossa vida se resume em pensar em círculos em torno de fugazes luzes artificiais.

Naquela noite, o Sapateiro não dormiu. Andou pela casa como um zumbi em meio aos seus objetos eletrônicos. Era melhor não facilitar. Teve medo de acordar metamorfoseado para sempre.

Fevereiro de 2021

DE ESPELHOS E ALMAS

Absorto em doces pensamentos, em razão da iminência de grande acontecimento familiar, o Sapateiro de Bruxelas observava vagamente a discussão de algumas questões nada transcendentais que seus amigos de café traziam à mesa virtual no fim daquela tarde escaldante de verão.

O calor e a preguiça o deixaram quase dormente. Até que lá pelas tantas uma frase solta captou sua atenção:

– Acho que, afinal, Machado de Assis estava certo quando disse, em seu conto "O Espelho", que o homem tem duas almas, a interna e a externa.

A menção a Joaquim Maria Machado de Assis, um dos mais brilhantes escritores em língua portuguesa e o maior nome da literatura brasileira, soou como um convite para que o bruxelense despertasse e entrasse na roda de conversa.

Resgatou, do fundo do baú de sua memória, os sentimentos que a primeira leitura do referido conto, em meados da década de 1970, lhe trouxe.

Lembrou-se de Jacobina, personagem principal da narrativa, um homem rico, de meia-idade, que descreve episódio marcante de sua juventude, o qual definiu sua personalidade adulta. Lembrou-se, ainda, da mensagem machadiana que resplandecia da historieta. E, sem pestanejar, tomou a palavra, dirigindo-se aos colegas de café.

– Ah, o Bruxo do Cosme Velho sempre é atual e relevante... Neste conto, Jacobina, em total solidão, defronta-se com um espelho proveniente da Família Real Portuguesa. Sozinho, passou dias angustiantes por ter perdido a "alma exterior", sem ter ninguém com quem interagir. Sua própria imagem refletida no imenso espelho estava corrompida e difusa, assim como o juízo que fazia de si mesmo na ausência dos outros, que outrora o cortejavam. Vejam, em completo abandono, o alferes necessitava vestir sua farda militar para que sua imagem surgisse com nitidez de detalhes e contornos, recuperando, assim, a "alma exterior", que preenchia a "alma interior".

Depois de apreciar o silêncio dos sete colegas da mesa virtual, o artesão continuou:

– Me permito observar também, indo na carona do amigo que abriu a discussão, que concordo com o raciocínio machadiano. Afinal, se a "alma interior" olha de dentro para fora, a "alma exterior" faz o contrário; e olha de fora para dentro, representada, eventualmente, por uma pessoa, ou um grupo de amigos como vocês, ou por situações que transmitam vida à primeira. Vale aí o som do mar, o canto das óperas, nossos valores ou paixões.

A mesa concordou entre o muxoxo cordial e a curiosidade do tema.

Animado, prossegue o bruxelense:

– Contudo, estimados companheiros, precisamos estar atentos. E, aqui, me reporto ao que Machado nos ensina. Afinal, nossa "alma exterior" nada mais é do que uma casca ou couraça que as pessoas criam para sobreviver na luta social. Alguns, no entanto, se prendem a ela de tal modo que acabam eliminando a "alma interior", o seu verdadeiro "eu". É o que se deu com o narrador, Jacobina, que em determinado momento do conto não se encontra refletido no espelho justamente por estar vazio. O pretensioso alferes, se transformou apenas numa farda. Pior, quando não a veste, descobre-se um nada. Um zero à esquerda. Assim perguntou, quantos de nós talvez estejamos nesta situação? Elegantemente apresentável em nossa couraça, mas ocos por dentro?

Depois de breve intervalo, o Sapateiro retoma a palavra, um tanto enigmático:

– Pensemos nisso até o próximo encontro. E, por via das dúvidas, nesse período, ao receberem a vacina anti-Covid-19, que espanta o mal de nossos corpos, procuremos vacinar também ambas as almas – permitindo que elas possam conviver em harmonia. Até breve, queridos amigos.

No momento em que encerra suas confabulações literário-filosóficas, o Sapateiro recebe uma mensagem no aparelho celular. Era hora de se encontrar com os doces pensamentos de seu grande acontecimento familiar, verdadeiro lumiar de sua essência, motivo de sorriso para as almas "externa" e "interna".

Fevereiro de 2021

UM ESTRANGEIRO
NEM TÃO ESTRANHO

Albert Camus é um expoente da literatura universal. Nascido na Argélia, então possessão francesa, viveu entre 1913 e 1960. Teve um início difícil, pobre, sem livros, jornais, rádios, energia elétrica ou água corrente. Portanto, muito diferente da infância dos filósofos franceses que viriam a ser seus amigos na idade adulta. A vida do "estrangeiro" que perdeu o pai na Primeira Guerra Mundial foi marcada por ausências e enormes dificuldades.

Logo no registro inicial de seu primeiro diário, escrito aos 22 anos, anota com clareza: "Certo número de anos sem dinheiro basta para criar toda uma sensibilidade".

E foi essa sensibilidade que guiou Camus em Argel, onde iniciou seus estudos em um liceu, para depois se tornar aplaudido jornalista militante e renomado escritor na França, com seus "três absurdos": o romance O *estrangeiro*, o ensaio O *mito de Sísifo* e a peça *Calígula*.

Em filosofia, o absurdo se refere a qualquer crença que seja obviamente indefensável. Dito de outra forma, reporta ao conflito entre a tendência humana de buscar significado inerente à vida e a inabilidade humana para encontrá-lo em um universo sem propósito, sem significado ou caótico e irracional. É um nome para a natureza inútil ou desprovida do porquê da vida de cada um. Camus, por sua vez, chamou com extrema propriedade de "absurdo" essa luta para encontrar sentido onde ele não existe.

Assim, o argelino, mesmo considerado um literato e não um filósofo, tornou-se conhecido por incluir profundas reflexões em seus trabalhos. "Se você quiser filosofar, escreva romances", dizia provocativo.

Autor universal, questionava como devemos reagir diante da inutilidade da vida. Como seu amigo temporário Jean-Paul Sartre, filósofo existencialista, afirmava que não paramos para pensar nisso simplesmente porque a vida é corrida demais.

A intelectual e escritora britânica Sarah Bakewell, no livro *No café existencialista*, diz: "Aqui também podemos ver relações com a vida na França da Ocupação alemã, durante a Segunda Guerra. Concedeu-se tudo, perdeu-se tudo — no entanto, tudo ainda parece existir. O que sumiu foi o sentido. Como viver sem sentido? A resposta de Camus consistia em algo similar ao lema do cartaz britânico para elevar o moral: *Keep Calm and Carry On* [mantenha a calma e siga em frente]".

Portanto, para Camus, era preciso tomar uma decisão: se optarmos por continuar a viver, devemos aceitar que não existe um sentido último no que fazemos. A outra saída seria o suicídio.

Há poucos dias, com extremada devoção, li pela enésima vez *O estrangeiro*, seu mais famoso livro, lançado em 1942, e que lhe rendeu o Prêmio Nobel de Literatura em 1957. O pequeno romance filosófico, de cento e poucas páginas, é uma obra monumental, daquelas que persistem por tempos, às vezes uma vida inteira, remoendo nossas consciências e nossos conceitos mais primitivos.

As sutilezas envolventes, além da forma sintética da escrita, que lembra Hemingway, porém com a profundidade de Kafka, fazem com que não consigamos desgrudar do livro.

Aqui, convido ao leitor, a corte abrupto em meu escrito, a comigo se reportar aos dias de hoje, dias da pandemia Covid-19.

Digo não ser impensável que doenças ou epidemias como a que estamos vivenciando – ainda que patrocinadas por eventuais "erros" propositais ou não – sejam manifestações cósmicas destinadas a sacudir a orgulhosa raça humana. Não nos faltam elementos comportamentais e de entendimento que, no mínimo, ampliam esta grave crise.

Devemos também observar que neste momento histórico estamos privados das relações afetivas mais banais, do contato pessoal, do abraço fraterno ou mesmo do cordial aperto de mão.

Porém, no sentido contrário, de forma avassaladora e intempestiva, somos cada vez mais estimulados a viver uma "falsa vida" totalmente compartilhada com estranhos ou desconhecidos; somos instigados diariamente, hora a hora, minuto a minuto a exposições despudoradas de nossa intimidade; praticamente ficou inviável viver sem frequentar redes sociais. Estamos visivelmente contagiados pelos grandes grupos midiáticos e seus objetivos específicos.

De um modo bastante estanho – e quase familiar –, não há como negar que o nosso destino passou a ser comandado por gigantes manipuladores. Há no ar a inequívoca sensação epidérmica que ora o mundo gira de acordo com predeterminadas regras e interesses não confessáveis; nada mais nos dias de hoje é fruto do acaso; a humanidade passou a caminhar impávida para um destino comum – e eu não sei, e talvez poucos de vocês saibam, se isso tem algum significado, se é bom ou ruim.

A própria criatividade humana há poucos anos passou a ser chamada de "inovação". Como regra, e necessariamente, deve cumprir alguns postulados, como ser convergente, coletiva e tecnológica para então lhe ser atribuído algum valor ou destaque.

A par, a criação artística nas suas diversas manifestações se deteriora e apodrece a olhos vistos; a cada momento somos empurrados mais e mais para a zona do esgoto mental.

Vivenciamos ansiedades comuns, coletivas; os medos ou o medo é o mesmo para todos, amanhece e anoitece conosco. E é sempre o mesmo; a inexorável e muito próxima morte. Não temos mais vontades conscientes ou sequer angústias privativas. Caímos um a um na vala comum da existência ausente de significado.

Os anseios e dificuldades aparecem vagamente estratificados de acordo com o status social de cada camada da população. Porém, todas as classes, de A até Z, são manipuladas de acordo com as bandas de consumo e a capacidade de alienação.

Dessa forma, clara e cristalina, o absurdo tornou-se o grande maestro, mediador, e algoz de nossas vidas. Nada pode ser mais absurdo do que viver nestes tempos de doença do corpo e do espírito.

Finalmente digo a vocês, queridos leitores, que resistiram até este ponto do texto, que se eu não fosse tão profundamente preguiçoso, tão inútil, até me sentiria estimulado por forças divinas – como Noé foi na Bíblia – a construir uma bela arca e nela colocar casais de espécies nativas, como capivaras, antas, bem-te-vis, pintassilgos e outras do meu agrado. Depois, pacificamente observar a enchente e largar a nave rio Uruguai abaixo, na direção do fim do mundo. E lá esperar o chamado de volta à vida.

Mas, como visto, sou muito comodista e menos crente que o patriarca – graças a Deus! Sou mais do tipo de Meursault, o personagem principal de *O estrangeiro*, e prefiro aguardar o meu ocaso sozinho, pacato, dormente, confortável, sem interferência de ninguém.

"Como se esta cólera me tivesse purificado do mal, esvaziado a esperança, diante desta noite carregada de sinais e de estrelas, eu me abriria pela primeira vez à terna indiferença do mundo. Por senti-lo tão parecido comigo, tão fraternal, enfim, senti que tinha sido feliz e que ainda o era. Para que tudo se consumasse, para que me sentisse menos só, faltava-me desejar que houvesse muitos espectadores no dia da minha execução e que me recebessem com gritos de ódio." (Camus, 1979, p. 298).

Por fim me despeço e deixo um abraço asséptico a cada um. E arremato a conversa com um dito francês que virou canção: *C'est la vie*.

Fevereiro de 2021

A ESPERANÇA QUE VEM DO CAOS

O Sapateiro de Bruxelas anda muito saudoso dos amigos de café, e, no seu dizer, um tanto acabrunhado. Sozinho, já octogenário, frequentemente se entrega à imensa nostalgia e melancólicas reflexões.

Recorda os meados do século passado, quando ainda jovem. Lamurioso, lembra que há cinco ou seis décadas a vida era mais simples. Havia sequência lógica de acontecimentos, quase litúrgica, se cultivavam valores que faziam do nascimento, adolescência, primeiro amor, e até da morte, um cerimonial extenso baseado em tradições imutáveis e dogmáticas.

À época, o tempo não era medido por relógios de alta precisão, e sim pelo espaço entre grandes momentos e pelos rituais, onde se misturavam antigas crenças com alguns modismos restritos provenientes dos poucos filmes que chegavam à cidade do interior.

Festas religiosas ou profanas, além de acontecimentos familiares, marcavam o ritmo fundamental da existência, na qual os indivíduos levavam por princípio ser educados, corteses e tratar com respeito uns aos outros.

Todos participavam das comemorações abrangentes e inesquecíveis – desde os mais pobres até os mais ricos. Havia admiração pública pelas provas de ginetes, futebol amador; gostava-se dos circos que volta e meia acampavam por aqui.

Os anos se alternavam entre bons e ruins. Tudo dependia da natureza, do tempo e das colheitas. As previsões climáticas ficavam por conta dos mais velhos e experientes. Tinha de benzer tormentas na enchente de São Miguel, que ocorria nos finais de setembro ou início de outubro.

Os homens trabalhavam sem parar na cidade ou no campo; as mulheres, em maioria, cuidavam do lar com zelo e dedicado amor. Ninguém pensava em controlar os acontecimentos, como alguns pretendem fazer nestes dias de desespero em que vivemos hoje.

Embora o mundo fosse bem menor, sobrava espaço e tempo para todos. Mesmo submetidas a tarefas braçais e inadiáveis, as pessoas eram mais livres, donas de si e de seus próprios narizes.

As atividades corriqueiras aconteciam em um nível mais humano; as criaturas conversavam muito umas com as outras, e praticamente todos se conheciam – quando não eram parentes entre si. Faziam trabalhos manuais e artesanais, e durante a doce faina diária falavam-se sem tréguas.

Alguns se davam o luxo de descansar depois do almoço, desfrutavam sestas de dar inveja. Outros jogavam cartas, fumavam palheiros, cuspiam no chão e tomavam café ou um gole de *grappa* com os amigos.

As crianças fardadas jamais faltavam aulas e reinava um temor reverencial aos mestres professores. Tema de casa fazia parte das obrigações, e a exemplo da dedicação incansável ao trabalho por parte dos pais, era caprichado, limpo, sem erros e terminado em tempo hábil. E ai de alguma reclamação. Depois sim, podiam brincar alegres e soltos na rua até o sol sumir no horizonte. Crianças eram apenas crianças.

Ao final da tarde, vizinhos se reuniam para tomar mate e prosear mais um tanto; juntos, contemplavam o entardecer.

Pássaros se acomodavam em seus ninhos nas árvores encopadas dos quintais das casas antigas. Poucas moradias eram construídas em alvenaria; a maioria feita de madeira mesmo, tiradas da mata circundante. Depois dos machados e serrotes, vinham as queimadas: surgia o milagre da terra virgem e fértil, que germinada alimentava a todos.

Fazia-se silêncio na Hora do Angelus, seis da tarde, enquanto o rádio transmitia fanhoso a oração da Ave-Maria. Na sequência vinham os tangos – igualmente fanhosos – e, nesse momento, sem falar nada, os adultos se perguntavam sobre o sentido da vida e da morte. Ao anoitecer, se ouvia ao longe o langor choroso de um violão ou uma gaita mais animada.

O cotidiano se centrava em valores espirituais, atualmente em completo desuso, segundo o artesão. Manter a dignidade pessoal e mostrar desinteresse pelas coisas materiais constituíam virtudes inegociáveis. Atitudes estoicas frente a adversidades eram motivo de respeito e considerações exemplares.

Também era muito recomendável ser e parecer honesto: pagar as pequenas contas em dia, não "passar a perna" nos outros, além de defender a honra a qualquer preço e cultivar o gosto pelas coisas bem-feitas. A deferência pelos demais, principalmente senhoras e idosos, não era atitude excepcional, e sim obrigatória, desde a mais tenra idade.

Para o Sapateiro, outro valor em franco desuso e deslavado esquecimento na atual sociedade é a vergonha na cara. Ora lhe parece que muitos e muitos indivíduos a perderam de forma definitiva e irreversível. Para seu espanto e pasmo, observa a completa sem-cerimônia com que alguns pilantras – reconhecidos na praça e fora dela – se misturam às pessoas de bem, como se isso fosse a coisa mais normal do mundo, farinha do mesmo saco. E o pior, o que mais lhe surpreende e desagrada é a igual normalidade com que são aceitos entre os bons, até com certas mesuras ou rapapés pelos ditos probos senhores e demais hipócritas do momento.

Nos tempos idos as famílias dos desonestos, finórios e malandros ficavam enclausuradas em casa à sombra da desonra, bem diferente da presente época. No entanto, não há como negar, tudo mudou, e pelo poder do dinheiro suas proles são tratadas como celebridades do dia, ainda que fugazes e passageiras.

Lembra o artesão que algo igualmente notável era o valor dado às palavras. Valia mais o fio de bigode que qualquer assinatura ou firma reconhecida em cartório. Observa o belga que hoje a palavra é mais usada como arma para justificar erros ou malfeitos comuns. Todas as interpretações são válidas e as palavras servem principalmente para ludibriar e acobertar atos espúrios, outrora impensáveis. Os políticos eram poucos e rarefeitos, quase todos honestos, alguns até venturosos.

O modo de vida obedecia às peculiaridades de cada localidade, região ou grupo étnico. Não se relativizavam valores. Não havia a globalização que impõe o *modos vivendi*, uniforme e arrogante. Raízes e costumes eram motivo de orgulho e não de vergonha.

Desse modo, para o velho sábio, tragicamente o mundo a cada dia perde em originalidade e riqueza cultural gerada por seus diferentes povos. Estamos em adiantado estado de pasteurização mental, para não dizer putrefação espiritual coletiva – assevera o artífice do couro.

E acrescenta, todos são "educados", aculturados e tornam-se alienados da mesma forma e na mesma fôrma. Isso facilita mais e mais o domínio, a acomodação e a final subserviência aos novos donos do mundo e seus operadores eletrônicos e midiáticos.

Entretanto, para o mestre calçadista, paradoxalmente o terrível perigo que nos trouxe a Covid-19 pode ser motivo de esperança geral. Com um pouco de sorte ganharemos a oportunidade de nos redimir.

Mais por mal que por bem, fomos forçados a uma profunda reflexão conjunta calcada no doloroso rastro da pandemia. Surgiram em nossas mentes – com surpreendente vigor – possibilidades de alterar a tendência de nos tornarmos totais idiotas do futuro, escravos dos meios de comunicação de massa – especialmente da televisão, com seus abjetos BBBs e outras excrescências intelectuais.

Para tanto, infelizmente se fez necessária uma crise social, emocional e de saúde sem precedentes em escala planetária, de modo a nos tornar mais sensíveis e humanos, além de resgatar históricas verdades, raízes abandonadas, quase esquecidas no abismo do passado.

Na solidão involuntária do isolamento sanitário, tivemos a oportunidade de entender que estamos de fato perdidos no tempo e no espaço, que temos obrigação – como seres racionais que somos – de reverter com energia e sensibilidade a nefasta tendência que nos constitui em abobalhados adoradores da tecnologia e seus derivativos inócuos.

Finalmente, ao arrematar suas divagações, o Sapateiro de Bruxelas diz que no momento, ante o quadro desesperador gerado pela doença mundial, os anseios se afirmam os mesmos dos tempos ancestrais, simples como flores do campo ou os cogumelos do outono. Os pedidos mais prementes nas orações desesperadas voltaram a ser comida, saúde e trabalho.

Ao encerrar, lembra citação do escritor israelense *best seller* Yuval Noah Harari, em recente artigo no Financial Times: "Toda a civilização está a apenas três refeições da barbárie".

Março de 2021

DELFOS PODE SER AQUI

O Sapateiro de Bruxelas tem especial predileção e curiosidade infinda sobre a antiquíssima cidade grega de Delfos, situada nas encostas do monte Parnaso.

Segundo ele, considerada o "umbigo do mundo", Delfos recebeu essa alcunha graças ao mito que narra a busca de Zeus, pelo ponto médio ou central do mundo.

Conta o velho belga que, no intuito de delimitar tão singular ponto geográfico, Zeus enviou duas águias de extremos opostos da Terra – que à época era entendida como plana.

As aves, em polos opostos, voando uma em direção à outra se encontraram em Delfos, designando, portanto, a cidade como centro do mundo ou umbigo da Terra. Ali construíram um templo, local sagrado, deveras estimado por aqueles que procuravam por auxílio, força e segurança.

Assim, o exato ponto de encontro das águias foi demarcado com uma pedra de formato oval, o ônfalo, que, em grego, significa umbigo – elucida o coureiro.

Diz ainda o mestre que, segundo fontes imemoriais, o corpo de certo dragão-fêmea chamado Python estaria em intensa e eterna decomposição na caverna em que Apolo a teria matado.

Esta caverna – observem a curiosidade – estaria localizada exatamente abaixo do templo de Delfos.

Também – explica o velho sábio – havia Pítia, sacerdotisa que dava voz ao Oráculo de Delfos, no templo de Apolo. Tal status lhe atribuía uma importância pouco comum para uma mulher no mundo dominado pelos homens da Grécia Antiga.

Gases alucinantes, resultantes da mítica decomposição, eram emitidos e escapavam do subsolo por fissuras terrestres. Investigações geológicas recentes mostram que as emissões vindas de uma fenda geológica no solo local poderiam estar relacionadas aos fenômenos ali ocorridos; alguns pesquisadores sugeriram a possibilidade de que o gás etileno causasse o estado de "inspiração" de Pítia. Outros argumentaram que os vapores expelidos poderiam ser de metano, ou Gás Carbônico e sulfeto de hidrogênio, e que a fenda em si seria resultado de uma ruptura sísmica.

Tais emanações desencadeavam estranhas sensações visuais e auditivas à Pítia, que, em transe profundo, atuava como porta-voz do Deus-Sol, Apolo, o qual, através da sua Suprema Sacerdotisa, supostamente – como dizem os telejornais atuais – transmitia as vontades de seu pai, Zeus; ocorriam então fantásticas previsões, de variável utilidade aos consulentes e seus periféricos.

Um ponto de vista comum entre todas as partes afirmava que a Pítia apresentava premonições durante um estado de frenesi causado por vapores que subiam à fenda, e que falava coisas aparentemente sem sentido que eram reconsideradas pelos sacerdotes de plantão como misteriosas profecias, marcadamente preservadas na literatura grega.

O Oráculo de Delfos, como fonte de informações sobre acontecimentos futuros, é melhor entendido se considerarmos a concepção religiosa dos gregos, que viam as divindades como portadoras de grande sabedoria. Eles acreditavam que, ao exercer o importante papel de ligação entre os deuses e a humanidade, Pítia assumia uma enorme influência, com poderes para instigar políticas governamentais, determinar o local de construção de cidades e até mesmo iniciar ou pôr fim a guerras.

O Sapateiro afirma, com a devida ênfase, que foi graças ao Oráculo que diversos incidentes aconteceram ou deixaram de acontecer, construindo a História como é conhecida.

Assim, o oráculo, sendo um receptor dos deuses e da inteligência destes, era considerado a própria divindade e, dessa forma, inquestionável. Funcionava como uma espécie de STF da época, sem querer ferir qualquer um dos deuses atuais ou pretéritos – afirma o artífice.

Através dos séculos, as Pítias provaram ser extremamente confiáveis em suas previsões e amealharam fama como oráculos não só no mundo grego, mas também junto a todos os povos do mundo mediterrâneo, incluindo Romanos e Egípcios, os quais frequentemente as consultavam – afirma o mestre belga. O auge da importância do Oráculo aconteceu entre os séculos VI e IV a.C. Nesse período ele influenciou diretamente a política da Grécia Antiga através das consultas que grandes líderes realizavam a ele. As respostas dadas – que não raro eram enigmáticas – aconselhavam na tomada de grandiosas decisões. A decadência se deu paralelamente ao declínio da autonomia política das pólis, no período helenístico. Com a conquista dos macedônios, o santuário foi perdendo, aos poucos, a sua importância. Além disso, por conta de ameaças de invasões e guerras, a cidade de Delfos foi sendo evacuada. Contudo, foi principalmente com a chegada dos romanos que a importância do Oráculo decaiu completamente. Os líderes romanos não tinham interesse em consultá-lo – ao contrário dos reis macedônicos Felipe II e Alexandre, que chegaram a visitá-lo, já que praticavam a interpretação de sinais e profecias.

Por fim, o artesão lembra que o oráculo délfico foi fundado no século VIII a.C., e sua última resposta registrada ocorreu em 393 d.C., quando o imperador romano Teodósio ordenou que os templos pagãos encerrassem suas operações. Até então o oráculo de Delfos era tido como um dos mais prestigiosos e fiáveis oráculos do mundo grego.

Isso posto, em meio à tamanha balbúrdia e baboseiras protagonizadas pela insana polarização política envolvendo a pandemia de Covid-19, o Sapateiro pensa em reativar o Oráculo, ora em solo pátrio.

Pensa seriamente recomendar ao Poder Executivo local que, sob a aquiescência do Legislativo, e sem qualquer óbice do Judiciário, coloque um colossal ovo sobre a parte mais alta do chafariz que adorna o centro de nossa cidade, de modo a demarcar o umbigo da urbe e talvez do mundo atual.

Tal referencial, inédito no Hemisfério Sul, acolheria os ansiosos cidadãos locais e alhures que buscam respostas às perguntas não respondidas pelas autoridades e pela grande imprensa – que nesta altura da pandemia mais fazem apavorar as pessoas e atrapalhar o bom andamento das coisas.

As indagações populares e impopulares seriam rebatidas pelos conhecidos palpiteiros de sempre de ambos os lados, sem qualquer novidade; no entanto, com divino aval apolíneo.

O Sapateiro não sabe se dessa iniciativa advirá qualquer efeito positivo ou benéfico a quem quer que seja. No entanto, tem certeza que tal iniciativa ovípara tornaria nossa cidade ainda mais célebre e conhecida no cenário nacional e quiçá internacional.

Ao encerrar, o debochado bruxelense afirma que certamente não pioraremos em nada a situação atual da tão combalida humanidade contemporânea. Muito ao contrário: todos ficariam mais alegres.

Abril de 2021

EXALTAÇÃO DO LIVRE PENSAMENTO

> Povo que não tem virtude acaba por ser escravo –
> trecho do Hino Rio-Grandense

A mais antiga instituição cultural do Rio Grande do Sul, a Biblioteca Pública do Estado, fundada em 1871, completou 150 anos na quarta-feira, dia 14 de abril. Na condição de vice-presidente da Associação de Amigos da Biblioteca, aceitando convite do presidente da entidade, o querido amigo e colega médico Gilberto Schwartsmann, participei do belíssimo evento festivo alusivo à data.

Por obra do destino, me coube coordenar parte dos debates realizados por meio digital, que reuniram desde o governador do Estado, Eduardo Leite, a imortais da Academia Brasileira e Rio-Grandense de Letras. Sem dúvida, para mim, uma honra inesperada e um momento de enlevo e alegria.

Estávamos todos no Salão Mourisco, em espírito – como bem enalteceu o professor Alcy Cheuiche –, para reforçar a importância da sesquicentenária instituição, que carrega em sua trajetória significados, marcas, rugas e até cicatrizes, deixadas pelo passar dos anos, porém ora em franca recuperação, sob a condução dedicada e competente da diretora Morgana Marcon.

De modo digital e não corpóreo, mais do que a celebração da existência física da Biblioteca Pública do Estado, celebrávamos o que ela de fato representa: a exaltação da liberdade do pensamento humano.

Muito bem falou a Secretária de Cultura do RS, Beatriz Araújo, ao afirmar que a biblioteca é um "remédio para a alma", repositório de conhecimento de geração para geração, oferecendo aos cidadãos sabedoria e a cura da ignorância, capaz de curar, também, outras enfermidades da alma, do corpo e do coração. Quem lê, sabe muito bem do que estamos falando.

Acima de tudo, quem lê – seja manuseando deliciosamente o livro de papel, captando a textura e o cheiro de cada página, ou dedilhando as obras virtuais dos e-books da contemporaneidade – se permite ser livre e ter novas ideias, talvez a arma mais poderosa e valiosa de todas para nossa proteção.

As sociedades ou civilizações não sucumbem ou se extinguem por guerras ou catástrofes; elas declinam ou desaparecem quando há o predomínio das trevas da ignorância, que por serem trevas não escolhem cor ou lado.

O pensamento livre, por sua vez, aparece na Grécia Antiga, passeia em Roma, descansa na Idade Média, volta a luzir durante o Renascimento, e triunfa no século XVIII com o Iluminismo e a Revolução Francesa.

O livre pensar é missão de todos aqueles que se recusam a aceitar verdades impostas e se levantam para dizer não ao obscurantismo tosco ou a opressão astuta e falaciosa.

Justamente por isso, é preciso que sempre voltemos nossos olhares e atenções a espaços que se dedicam à cultura e ao exercício do saber. A Biblioteca Pública do Estado do Rio Grande do Sul, um lindíssimo prédio de arquitetura eclética, com ares franceses, típica do Positivismo rio-grandense, encontra-se na esquina da Rua Riachuelo com Rua General Câmara, no coração cívico e cultural do Estado, próxima ao Palácio da Justiça, Theatro São Pedro, Palácio Farroupilha, Palácio Piratini, Catedral Metropolitana e Praça da Matriz de Porto Alegre.

Passear pelos seus corredores, que acolhem mais de duzentos e cinquenta mil livros, entre os quais um exemplar de a *Divina Comédia*, de Dante Alighieri, do século XVII e tantas outras obras-primas da humanidade, além dos magníficos salões Mourisco e Egípcio, é comprovar que Jorge Luis Borges, grande escritor argentino, estava certo ao afirmar que as bibliotecas seriam uma espécie de paraíso terrestre.

Paraíso que, no entanto, para sua conservação e sustentabilidade deve cativar o leitor moderno, se reinventando e sensibilizando as pessoas comuns como nós, os empresários e governantes, de forma a todos entenderem que são necessários recursos e investimentos contínuos para perpetuar a cultura e a educação da nossa gente. Uma biblioteca é um organismo em crescimento, afirmava Ramamrita Ranganathan, célebre matemático e bibliotecário indiano.

Em tempos de incertezas, especialmente em meio à pandemia que segue castigando a humanidade, as catedrais do saber – nossas bibliotecas, em novos ou velhos formatos de atendimento – são, sem dúvida, portos seguros, referências, bússolas ou faróis capazes de iluminar o passado, garantir o presente e apontar o futuro, pois nas bibliotecas circula o espírito do mundo. Do mundo que temos todos a obrigação de fazer cada dia mais livre.

Se tiveres uma biblioteca com jardim, terás tudo – disse Cícero, o grande tribuno romano. E nós, gaúchos, a temos.

Vida longa à Biblioteca Pública do Estado do Rio Grande do Sul.

Abril de 2021

O SAPATEIRO DE BRUXELAS: PANDEMIA E O CAMINHO PARA O FIM

Segundo o Sapateiro de Bruxelas, passado mais de ano do início da pandemia, permanece a cisão provocada pelo absurdo dilema entre saúde e/ou economia. Esse bate-boca desqualificado alimenta uma fogueira que queima e derrete as posições antagônicas dia a dia. Parece não haver avanço ou melhoras. Infelizmente!

Diante de tal constatação, o sábio bruxelense entende que vale pensar um pouco sobre o que subjaz a essa estúpida contenda que impede o mais que necessário consenso. Porém, coloca de início, como inapelável argumento, que qualquer evolução benéfica para a sociedade, passa pelas lideranças políticas. Para o belga, são elas e seus valores pessoais, geradores de suas ações – por vezes muito mal-intencionadas e visivelmente premeditadas –, que têm o condão e a responsabilidade de escolher entre jogar água ou gasolina na fogueira da doença coletiva e das vaidades singulares.

O artesão pondera que pegos de surpresa por uma situação inédita, os líderes políticos se viram forçados a agir sem conhecimento de causa. Não havia protocolos preconcebidos. Estavam diante de um "cisne negro". Alguns, com mais sorte que juízo, ganharam pontos perante a sociedade. Outros desceram ladeira abaixo, flagrados na inconsistência de seus falsos e tresloucados argumentos.

Ao lembrar a frase do megainvestidor Warren Buffett: "Você só percebe quem está nadando nu quando a maré baixa", o artífice diz que a metáfora se aplica muito bem aos efeitos da pandemia sobre a reputação de alguns tiranetes de ocasião que hoje alimentam a crise. Poucos marcaram pontos; a maioria naufragou – embora ainda não saibam.

Afirma o experiente coureiro que, diante de uma inusitada situação ou ameaça, eles recorreram aos seus inatos repertórios, aquilo que os distingue, como seres racionais, na hora de tomar decisões: suas crenças e seus valores.

Especialmente em horas difíceis, nós, humanos, somos em grande medida o que acreditamos ser, agimos como sujeitos ativos em relação aos outros e ao momento, seguindo a orientação de nossa consciência, fruto de princípios morais e éticos – sentencia o calejado calçadista. Na sequência evoca o filósofo espanhol José Ortega y Gasset e sua máxima que diz: "o homem é o homem e a sua circunstância".

Parece elementar que um momento histórico tão dramático exige cooperação, não divisão, diálogo, e não sectarismo. O inimigo comum, o ente microscópico, insidioso e letal que veio do oriente, não escolhe vítimas, trabalha dia e noite, alheio às injunções políticas, e é muito grato à estupidez que o permite avançar. Esse mal somente será barrado mediante estratégias inteligentes e cooperativas que visem obstruir seu nefasto ataque. Lamentavelmente, diante de algo tão óbvio, não houve ainda o consenso – conclui o velho belga.

Recorda ainda o que disse Balzac: "Nas crises, ou o coração se parte ou endurece". Assim, parece que nossos corações estão se petrificando, a julgar pela escalada de injúrias e agressões que somos obrigados a engolir ao assistir as grandes redes de comunicação de TV, noite após noite.

Pois nessa hora e por essa razão – reforça o Sapateiro –, surge uma excelente oportunidade para distinguir quem age de quem não age orientado por valores efetivamente éticos, como respeito à vida (agora e depois da pandemia), solidariedade e senso de justiça.

No caso do embate coronavírus, basta observar as duas correntes em luta e os comportamentos predominantes. De um lado, filiam-se os adeptos às duras medidas de confinamento, aparentemente cegos às consequências posteriores; do outro, os que contestam e ironizam o poder de fogo do maldito vírus, à beira da inconsequência.

Poucos parecem realmente atentos e concentrados ao conjunto da sociedade, tanto no presente quanto no futuro. Mais raros ainda são os que usam a mídia e as redes sociais para educar a população sobre hábitos salutares e também para convocar a colaboração e a solidariedade de todos. Para isso, a educação tomada como o veículo, em essência, capaz de proporcionar a conscientização de sua circunstância, relacionando-se com ela, de modo a superá-la segundo a "senão a salvo não me salvo eu também" – disse igualmente Ortega y Gasset.

Por fim, assevera o Sapateiro de Bruxelas: essa sinistra dicotomia precisa ser superada. Necessitamos a união e o compromisso dos cidadãos de bem e políticos, transparentes, íntegros e respeitosos em relação à coletividade. Precisamos, sobretudo, líderes com valores morais verdadeiros. Porque, nos tempos atuais, só mesmo os princípios verdadeiramente éticos serão capazes de gerar valor econômico e prosperidade. Sem esse entendimento basilar, a atual polarização continuará a sugar a energia vital que poderá levar o país ao fim. E no Atestado de Óbito da nação constará como causa da morte: asfixia da democracia por falência múltipla do patriotismo.

Não podemos e não devemos desprezar ou mesmo ridicularizar o que Gasset chamava de razão vital, sob pena de cairmos na armadilha implacável das polarizações e suas irmãs gêmeas siamesas, as contradições e o totalitarismo – encerra o experiente Sapateiro de Bruxelas.

Maio de 2021

VOO DE ÍCARO

O Sapateiro de Bruxelas é um admirador da Grécia Antiga e sua fantástica mitologia. Sempre que surge oportunidade, usa do conjunto dos mitos daquele povo para entreter o pessoal do cafezinho. Conta histórias atuais ou adaptáveis às circunstâncias, embora afirme, com a mesma peremptoriedade de sempre, que nada do que diz tem a ver com fatos reais e tudo é fruto do acaso ou mera coincidência – tal como as séries de TV.

Diz o velho belga, com brilho no olhar, que planando sobre Creta com asas de cera e penas, Ícaro, filho de Dédalo, desafiou as leis do homem e da natureza e, ignorando os avisos de seu pai, subiu cada vez mais, desafiando os limites do céu e do Sol.

Para as testemunhas, pessoas comuns que se encontravam em solo, ele parecia um deus e, enquanto olhava para baixo, também tinha certeza que era um deus e sentia-se como tal. Porém, na mitológica Grécia Antiga, muito diferente da mitologia atual, a linha que separava homens e deuses era intransponível e a punição aos reles mortais que tentassem cruzá-la era severa e definitiva. Aqui o calçadista divaga e sem mais nem menos inicia a falar dos ministros do STF e outros áulicos republicanos. Delicadamente, solicitamos que voltasse ao tema da narrativa inicial. Meio a contragosto, o artífice se desculpa e retorna à amável conversa.

Explica que anos antes do nascimento de Ícaro, Dédalo, seu pai, era considerado brilhante inventor, artesão e escultor em Atenas, sua terra natal. Atribuía-se a ele a invenção da carpintaria e as ferramentas necessárias à sua execução. Deveras criativo, projetou a primeira casa de banho e a primeira pista de dança de que se tem notícia. Produziu esculturas tão fiéis que Hércules as confundiu com homens reais. Poderíamos dizer que era uma espécie de Leonardo da Vinci ou Bill Gates mitológico.

Apesar de hábil e famoso no mundo grego e adjacências, Dédalo – como todo o gênio que se preza – era extremamente arrogante, egoísta e invejoso. Preocupado com o rápido sucesso de seu sobrinho, e com medo que este o suplantasse e fosse mais habilidoso, Dédalo, incontinente e sem avaliar as consequências, simplesmente matou o promissor aprendiz.

De qualquer forma, como ainda acontece com os notáveis cortesões de hoje, depois de julgado mansa e suavemente em diversas instâncias inferiores, médias e superiores, obteve uma pena branda pelo tresloucado ato. Alguns magistrados, na ocasião, inclusive tentaram anular o julgamento, pois alegavam, no caso de nobre matar sobrinho, tratar-se apenas e simplesmente de nepotismo, coisa simples e de família, diziam eles. Nada de mais.

Vai e vem, depois de cursos e recursos interpostos pela defesa do paciente (que àquela altura já estava um tanto impaciente), Dédalo, como punição, foi gentilmente banido de Atenas e solenemente deportado para Creta, uma belíssima ilha situada ao sul do mar Egeu.

Precedido por sua notável reputação, o criativo inventor foi recebido com pompas, glórias, fanfarras e de braços abertos pelo rei Minos e sua esplendorosa corte e demais puxa-sacos de praxe e da época.

Logo, logo foi nomeado ministro e atuava como conselheiro técnico do palácio. Assim, Dédalo continuou ampliando sua influência, seus horizontes e seus limites quase ilimitados. Para os filhos do rei, ele fez brinquedos animados que pareciam estar vivos; criou a vela e o mastro, que permitiram ao homem controlar o vento. Enfim, desafiou as limitações humanas que separavam mortais e deuses, até que finalmente ultrapassou todas as recomendações e convenções.

O Sapateiro solicita aos parceiros de cafezinho especial atenção ao tamanho da enrascada em que Dédalo entrou. E prontamente explica em detalhes:

Pasífae, esposa do rei Minos, foi amaldiçoada pelo deus Posídon a apaixonar-se pelo formoso touro do rei. Isso mesmo, senhoras e senhores, um touro, de carne osso e chifres: completinho em cada reentrância e apêndice.

A rainha, totalmente enfeitiçada e fora de si, pediu a Dédalo para ajudá-la a seduzir o valioso animal. Com a audácia característica dos superdotados, ele não pestanejou, e esculpiu na madeira uma vaca totalmente oca; obra de arte tão realista que enganou facilmente o incauto e fogoso animal real. Não deu outra: Pasífae, escondida dentro da vaca, concebeu e deu à luz ao Minotauro, seu filho, meio homem e meio touro.

Obviamente, isso enfureceu o rei que culpou o engenhoso palaciano pelos adornos cefálicos adquiridos mediante a traição animalesca, e por participar diretamente de tamanha perversão às leis da natureza e da prudência.

Dessa vez a punição foi bem mais forte – explica o coureiro –, e Dédalo foi intimado a criar um complexo labirinto abaixo do castelo de Minos para esconder o monstruoso Minotauro. Concluído o labirinto, o rei aprisionou Dédalo e seu único filho, Ícaro, no topo da mais alta torre de Creta, onde, em princípio, eles passariam o resto de suas vidas.

Mas Dédalo seguia sendo um incorrigível inventor. Ao observar os pássaros que circundavam a prisão, o método de fuga tornou-se claro em sua mente tão privilegiada quanto marota e fantasiosa.

Ele e Ícaro sairiam da prisão voando como apenas pássaros e deuses ousavam fazer até então. Usando penas das aves que se empoleiravam na torre, e cera de velas e de abelhas, Dédalo construiu dois enormes pares de asas. Ao amarrar as asas em seu filho, deu-lhe um sábio conselho: voar muito perto do oceano umedeceria as asas e as tornaria muito pesadas; voar muito perto do Sol aqueceria a cera e dissolveria as asas. Em ambos os casos, eles certamente morreriam. Portanto, a chave para o bom êxito da fuga familiar seria permanecer a uma altura razoável, nem lá nem cá.

Com as instruções claras e coordenadas aferidas, ambos decolaram da torre e se transformaram nos primeiros mortais a voar. O pai, macaco-velho e experiente nas adversidades da vida, permaneceu em altura adequada; já o filho, jovem e pouco sensato, impressionado pelo êxtase de voar e dominado pela sensação de poder divino, passou a flutuar cada vez mais alto.

Dédalo assistia horrorizado, enquanto Ícaro subia mais e mais. Impotente para mudar o terrível destino de seu filho, coube-lhe presenciar a tragédia do calor do Sol derreter a cera das asas e Ícaro despencar mortalmente do céu.

Tal como Dédalo – que diversas vezes ignorou as consequências de desafiar as leis naturais dos mortais a serviço de seu ego empedernido –, Ícaro também foi atingido por sua insolência e mau exemplo paterno.

O certo é que no fim ambos pagaram caro por suas indiferença aos caminhos da moderação e da humildade: Ícaro com sua vida e Dédalo com seu arrependimento e remorso eterno.

Aqui, o sábio belga conclui que, por mimos exagerados, expectativas enganadoras, falso moralismo ou mau-caratismo mesmo, muitos pais, padrinhos ou caciques acabam por oportunizar e presenciar o derradeiro voo de seus filhotes ou apaniguados sem nada poder fazer. Absolutamente nada.

Com algum ar professoral e fumos de fidalgo, conclui o Sapateiro de Bruxelas: a incapacidade da velhice, por falta de força e energia, se dobra aos arroubos da juventude; suas palavras não encontram eco na afoiteza exorbitante dos imberbes. Esta, por sua vez, espelha, expande e multiplica a conduta inconsistente e pecaminosa do preceptor. Criatura e criador frequentemente sucumbem juntos ao final. Os sonhos, bem como os domínios das pessoas, também têm limites. E o fruto nunca cai longe do pé.

Maio de 2021

FIM DO UNIVERSO E VOO DA GALINHA

O Sapateiro de Bruxelas revela a seus amigos de cafezinho uma interessante constatação durante o período da pandemia: descobriu que é um ser alado que veio para esta vida sem asas. Nem por isso deixou de voar. Às vezes, é verdade, como ele mesmo afirma, não voa longe – voo de galinha, diz galhofeiro.

Por cautela e comodismo não se arrisca a maiores distâncias. Prefere referências bem conhecidas: serras, coxilhas, planícies e galáxias mais próximas. Não ultrapassa os cento e dez mil anos-luz de forma alguma. Não anda afoito, flutua leve e contorna os buracos negros com a suavidade necessária ao bem-estar. Não questiona a antimatéria e, desacompanhado, definitivamente conclui: aprecia o silêncio e a noite.

Por voar, o Sapateiro se diz avoado. Distrai-se a toda hora e, ao andar vagando no espaço, não percebe as mudanças terríveis, milimétricas, que ocorrem na Terra firme.

Conta o artesão que num desses seus voos caseiros foi acometido por grande surpresa. Enquanto zapeava na internet, deparou-se com uma notícia realmente revolucionária à época: a conceituada revista científica britânica *Nature* publicara estudo de sábios cientistas italianos afirmando que o Universo está em permanente expansão.

Ora vejam – diz o camarada belga –, nem eu e nenhum de vocês, que eu saiba, havíamos percebido tão relevante fato. Pelo informado, os mestres itálicos foram à Antarctica (ou ao Ártico) para chegar a tão radical conclusão. Expedição nada convidativa devido à falta de atrativos turísticos e ao clima glacial, mas de resultados surpreendentes e inquestionáveis.

O Sapateiro acredita e afirma solenemente que tal descoberta só pode ser comparada à invenção da roda na Pré-História ou da pólvora, mais recentemente, pelo monge alemão Bertold Schwarz.

E convida o grupo de amigos a perceber as poderosas consequências advindas da dita novidade: doravante todos os seres mais ou menos bem informados deste singelo planeta do Sistema Solar serão sabedores que os corpos celestes – todos, sem exceção – estão gradualmente se afastando entre si, numa marcha sem volta. E pior: com fim definido e inexorável.

A teoria reveladora informa que está ocorrendo uma permanente expansão do mundo, infinito adentro – ou afora, de acordo com o ponto de vista do observador.

Diferente do que pensavam até há pouco as vis mentes antiquadas, o Universo não voltará jamais a um mesmo ponto único inicial. Em momento algum acontecerá a densa massa, início de tudo e de todos, o núcleo comum. Não ocorrerá um novo *big bang*, nem em dezenas, centenas ou em milhares de bilhões de anos.

Portanto, após tamanha revelação, fica determinado que todos os astros estão a afastar-se definitivamente. Assim está estabelecido e assim será. Acredite quem quiser.

A mais atual verdade matemática indica que não mais ocorrerá o movimento de contração e muito menos a implosão do Universo no grande reencontro festivo. Tampouco haverá a descontração sequencial que viria a seguir, no espreguiçar dos céus ou alongamento sideral.

Os princípios de ida e volta, do puxa e empurra, do aperta e solta tão presentes no pulsar vivo da vida terráquea, não mais se aplicam ao soberano e imensurável Cosmos. Resta apenas a angustiante e única alternativa da viagem sem retorno, da estrada de mão única, do caminho infinito. Tudo e todos distanciar-se-ão até o momento em que a energia da última estrela se esgote ao grande apagão universal. Sobrará somente a distância, a saudade, o frio, o silêncio, a escuridão da noite eterna. A morte enfim.

É, portanto, de bom alvitre, segundo o bruxelense, ter ciência que todos os corpos celestes e terrestres – os primeiros por destino e os segundos por consequência –, em um lapso de tempo, estarão definitivamente distantes uns dos outros.

Portanto, com o andar da carruagem, não acontecerão mais contatos de qualquer tipo ou em qualquer dimensão. Não existirá brilho nem olhar; nem vozes, músicas nos ouvidos. Muito menos existirá tato, afago, troca de cheirinhos e fluidos; não haverá o whiskinho antes e o cigarrinho depois – como acontecia em sua distante mocidade. Tampouco existirão os bafos mornos das manhãs precoces, ou mesmo os pés gelados das noites frias de Erechim.

Há outro importante aviso: os mapas astrais deverão passar por revisões periódicas, a cada três ou quatro bilhões de anos, visando a não ocorrência de desencontros corporais ou confusões com extravio de bagagens nas futuras viagens intergalácticas.

Reforça ainda o belga que, ademais, os cientistas italianos, colocaram um ponto final em uma das mais antigas discussões da humanidade e instauraram de forma definitiva, com peso de um grande queijo parmesão, a metafísica religiosa.

Explica o Sapateiro que até então os materialistas retrógrados eram adeptos da teoria do retorno. Aquela história do vai e vem. Entretanto, com o recente achado científico ficou provado que doravante a coisa só vai e não vem. E, se só vai, é porque houve um fabuloso arranque, o famoso pontapé inicial, o ato singular, criacional, deflagrado naturalmente por algum ente absolutamente superior e poderoso.

A breve e rude explicação, dada um tanto às pressas, é péssima para os ateus e definitivamente vencedora para os crentes.

De qualquer modo, do jeito que as coisas andam, depois da calculadora eletrônica, do telefone celular, do computador de mesa, dos laptops, da internet, Google, além de milhares de aplicativos e outros que tais, não será surpresa nenhuma se aparecer algum japonês ou assemelhado provando com imensos números a grande verdade (ou seu inverso). Provavelmente, o velho Albert Einstein ainda será comparado a um cágado ultrapassado e chegar-se-á à fórmula do início, da origem (ou será do fim?). Quem viver verá.

Mas como ninguém sabe direito o que vai acontecer amanhã, nem na terra como no céu, o Sapateiro recomenda que por enquanto todos voem com ele, pois o fim, o fim mesmo, com ou sem fenômenos metafísicos ou metáforas desprezíveis, continuará sendo o mesmo: a distância infinita, a solidão total, a amargura da ausência.

Assim sempre foi, ainda é, e eternamente será – e nem é preciso ir longe. Fica cada um com a sua própria experiência. Seu voo próprio de galinha.

Maio de 2021

VIRTUDES, PECADOS E FOFOCAS

Para o Sapateiro de Bruxelas, que é uma boa alma de Deus, todos, até os mais falastrões, guardam alguma virtude, certo traço de caráter merecedor de admiração, quer seja do ponto de vista moral, intelectual ou apenas frente a uma situação específica de conduta.

Constata o coureiro que as virtudes variam com o tempo e ganham brilho de acordo com as respectivas épocas em que são praticadas, de acordo com as necessidades culturais vigentes. Como afirmou em oportunidades anteriores, humildade, caridade, resignação e castidade, tão caras ao cristianismo, certamente seriam execradas como virtudes pelos gregos clássicos. Na Grécia Antiga, que o mestre tanto aprecia, os valores eram diversos e predominavam as chamadas virtudes cardeais platônicas, como coragem, temperança, sabedoria e justiça. Lembra que Aristóteles pregava a magnificência do homem magnânimo como um bem em si, constituindo a maior de todas as virtudes.

Recorda, em ato contínuo, que Tomás de Aquino, mais tarde, na Idade Média, procurou sintetizar as concepções cristãs e gregas, ao priorizar a benevolência generalizada.

No século XVII o filósofo inglês David Hume disse que uma virtude constitui certo traço de caráter com o poder de produzir amor ou orgulho a seus detentores, resultando útil e agradável para eles mesmos e para aqueles que por eles são envolvidos. Já o prussiano Immanuel Kant, considerado por muitos o principal filósofo da Era Moderna, no raiar do século XIX, é bem mais curto e grosso: a virtude é apenas um apêndice do indivíduo, e funciona como mero auxiliar no cumprimento do dever, não tendo, portanto, qualquer valor ético independente.

Como é bem do seu estilo e gosto, o velho artesão faz uma curva enviesada em suas digressões e lembra que, na contramão do esplendor das virtudes cristãs, surgem, com toda pompa e alegorias, os correspondentes pecados que insistem em atordoar as nossas existências.

Os pecados, por definição, propõem ações morais que permeiam a desobediência, a depravação, a maldade, a infâmia e perversidade. Portanto, ensina o belga, estão muito além do reles conceito de má ação ou feitio da coisa errada.

Recorda o velho Sapateiro que o primeiro pecado de que se tem notícia é o Pecado Original, cometido por Adão e Eva ainda nos primórdios do Paraiso Terrestre. Tal falta oferece até hoje razões de sobra para os crentes se sentirem envergonhados unicamente por terem nascido, e é um dos principais ingredientes de várias seitas cristãs.

O modo preciso e exato de como se deu a transmissão da culpa de Adão a todos os seus descendentes (inclusive os queridos amigos de cafezinho) tem ocupado – e muito – sábios de todas as eras e paragens.

Para Santo Agostinho de Hipona, teólogo do século IV, por exemplo, o maldito legado surge como consequência da reprodução sexual e do desejo intenso que a acompanha. São Tomás de Aquino, frade italiano do século XIII, já citado, bem mais bonachão, gorducho e benevolente, entende que não é tanto o pecado em si que é transmitido, mas a perda da capacidade extraordinária de controlar os aprazíveis apetites inferiores.

De qualquer forma – explica o artífice – o Pecado Original é funcionalmente necessário para dramatizar a importância da redenção e das práticas religiosas que nele se inspiram. Sua grave existência avaliza a doutrina da expiação, tão cultivada e fundamental para algumas religiões. Simples assim: paradoxalmente, sem o erro primordial não haveria salvação.

O Sapateiro enfatiza que particularmente não se considera um virtuoso, mas tampouco se vê como um incorrigível pecador. Em geral, adota o meio-termo em suas práticas. Procura trilhar o caminho da simplicidade, sem se desviar demais para lá ou para cá. Admite, no entanto, que não cultiva a moderação, o equilíbrio espiritual ou a capacidade de evitar certos pontos fracos inatos. Vive uma espécie de mediocridade *light*. Pratica algumas parcas virtudes e comete, com certa desenvoltura, pequenos deslizes e vícios toleráveis e palatáveis – ao seu entender.

Tem consciência de que, e assume perante os parceiros de café, não pratica como deveria a benevolência, a justiça ou a misericórdia. Sabe muito bem que não é jovial, inteligente ou belo; sequer domina a musicalidade, a oratória ou qualquer outra nobre arte. No entanto, não se acha um ser execrável: não é verborrágico, não tem caspa, chulé, asa ou mau hálito. Por outra, diz portar indiscutíveis méritos morais, embora se considere um pouco incompreendido por alguns invejosos renitentes.

Ainda, segundo o belga, o homem que tudo teme é um covarde, mas o que nada teme é ingênuo bobalhão. Aqueles que se permitem todos os prazeres são autocomplacentes e fracos de espírito; mas os que não aceitam nenhum agrado são tristemente enfadonhos e bárbaros. Ao seu respeitável entender, há que se repudiar tanto o ascetismo exagerado quanto o hedonismo fácil. E reporta a Albert Camus: "É preferível vender a alma a não saber alegrá-la".

Em meio à rica argumentação que se encaminhava para o final, um gaiato provocativo vai direto ao ponto e pergunta: mestre, e a fofoca, tão praticada por nós em nossa roda de café, no seu entender, é virtude ou pecado?

O calçadista, impávido, disfarça o golpe, e afirma ainda não saber como classificar essa doce instituição familiar.

Aliás, e a propósito, a única coisa de que tem certeza é que ninguém está absolutamente certo de nada: somente loucos, idiotas e determinados políticos nunca têm dúvidas. Bastaria essa singela razão para justificar a existência de diferentes versões sobre um mesmo fato.

Daí, portanto, se justificam as bisbilhotices, os mexericos, que, se não constituem grandes virtudes, igualmente não encorpam maiores pecados. As maledicências comezinhas, o falar mal doméstico, não são como as mentiras e as difamações recheadas de falsidades e ódios. As fofocas são benignas, veniais, caseiras e acabam funcionando como um regulador do convívio social. Se alguns fingimentos existem nesses ditosos cochichos, nada mais constituem que uma radiante e criativa imitação da verdade, com toques, caprichos e refinamentos pessoais – diz o matreiro belga.

Ao encerrar sua prédica, o Sapateiro de Bruxelas evoca o filantropo norte-americano Warren Buffett, para quem: "É melhor estar aproximadamente certo que precisamente errado".

Maio de 2021

INVERNO DO SAPATEIRO DE BRUXELAS

Com a chegada do inverno, às sombras do segundo ano de pandemia, entre balbúrdias, embates políticos e radicalizações de toda ordem, o Sapateiro de Bruxelas está arriado, quase dobrando o Cabo da Boa Esperança – como se falava no passado.

Para o artesão – que optou por uma catarse em sua *live* semanal –, o sentimento predominante é o de participar de uma festa ou comício político sem ser militante ou convidado: todo mundo grita, pula, esbraveja ou se esgarça de rir, e ninguém dá bola pra ninguém. O último elo persistente da vida comum é a solidão do isolamento sanitário em frente à TV e seu rosário de desgraças.

Isso desperta grande desconforto pessoal no velho belga e abate seu espírito alegre e vivaz. Percebe que passou a existência inteira sem que nada de muito importante tenha feito e que nada de grave ou de extraordinário aconteceu perto de si, a não ser a maldita pandemia.

Sua vida pretérita, minúscula, se resume a um mar de absoluta normalidade – com direito a pequenas marolas insignificantes. O que o transforma em um ser inútil, e o faz sentir como um atol perdido e árido.

Considerando sua irrelevância, desistiu da busca pela perfeição. A autossuficiência (algo tão banal em tempos idos) passou a ser seu horizonte e destino no oceano da indiferença. Não precisa mais provar força ou caráter, como fazia antes, quando não confiava nos outros e tampouco em si mesmo.

Para o artífice, medos, receios, pressões, prevenções e perversões se diluíram nas turvas águas da experiência. Tudo, por ele, já foi feito ou experimentado. Bem ou malfeito. Bem ou mal experimentado, se não sentido, bem imaginado.

Confessa que diminuiu o sal da comida, e o regime alimentar agora é permanente. Sente na carne, no corpo e nos ossos, dia após dia, que se firma de vez o vital impasse físico, fisiológico e filosófico entre o passado épico, o presente lírico e o futuro dramático.

Assume, resignado, a condição de alienado mental sem maiores pejos ou cerimônias – até com certo orgulho. Aceita bem as limitações intelectuais, o fim dos ideais e a confirmação do absurdo existencial. Nada o desagrada ou desgasta. Nada o faz mais ou menos feliz.

Não lhe interessa agir ou reagir. Conforma-se em torcer que as coisas fluam bem e do modo mais simples. Amorfo, aguarda por melhores dias e notícias, talvez para o final do ano.

Porém, no decorrer da fala o mestre recupera a alegria, espanta os maus espíritos e agouros, e, em tom de conforto e galhofa, afirma que nem tudo é tão ruim no entardecer da sanha vital: suas articulações enrijeceram, mas sua moral ficou mais elástica; seus pensamentos deixaram de ser obrigatórios ensaios mentais que precedem o seu falar e fazer. Os pecados, que o atormentavam quando jovem, se reduzem a esparsas ausências de juízo que não fazem mal a ninguém. Paradoxalmente, o fardo da vida madura lhe é mais leve.

Ao encaminhar o final de sua prédica, enfático e com o bom humor refeito, exorta a turma do café a reagir. Enfim, entende que é seu dever e obrigação assegurar que há mais vantagens que desvantagens com a chegada do inverno e da velhice. Sinceramente espera que tal aviso chegue antes que alguém de faixa etária mais elevada cometa suicídio ao sintonizar sua palestra eletrônica.

Destaca que entre as primazias conquistadas pelo avançar da idade algumas são preciosas e irrefutáveis, como vagas em estacionamentos, atendimento preferencial em bancos, lotéricas, farmácias e caixas de supermercados, além das demais merecidas e respeitosas regalias. Isso quando esses estabelecimentos não são invadidos por hordas de analfabetos ou deficientes cognitivos que sequer conseguem decifrar avisos escritos ou desenhados.

Também informa que para ele não há mais limites claros entre o certo e o errado, o céu e o inferno, o bem e o mal.

Conta com maior confiança no taco e lida melhor com as pessoas piores e circunstâncias avessas. Vive com intensidade os pequenos e grandes prazeres que, aos poucos, vão rareando junto com os cabelos.

Embora mais distraído, tem consciência que o tempo enalteceu suas virtudes e defeitos: objetividade, intolerância e barriga aumentaram. Pessoas "espaçosas" e egos inflados foram postos de lado, elogios provenientes de crápulas ora soam como insultos e são prontamente revidados à altura – algumas vezes por farpas afiadas, outras tantas por gentilezas de mesmo quilate.

Realça – ao encerrar sua fala – que seus interesses pessoais persistem fortes, rígidos e dirigidos àquilo que legitimamente o entusiasma e lhe dá prazer. E que, ao olhar pelo retrovisor da vida, constata: teria obtido melhores resultados e eficácia sem as intervenções da ética alheia, dos bons costumes limitadores e do odiento politicamente correto.

Por fim, já de olho na primavera, o Sapateiro de Bruxelas chega à conclusão de que ainda há muito a ser feito. E diz que a turma do cafezinho deve seguir o seu exemplo e viver como se todo o dia fosse o último. Com a certeza definitiva de que, em algum momento – ele e cada um de nós –, acabaremos por acertar.

O grande Millôr Fernandes, certa vez, escreveu: "Entre o riso e a lágrima há apenas o nariz".

Junho de 2021

SANTOS E PECADORES

Em seu encontro semanal com a turma do cafezinho, o Sapateiro de Bruxelas resolveu, sabe-se lá por que, discorrer sobre biografias de alguns santos católicos que têm passagens cheias de pecados e vidas luxuriosas. Logo de início, cita como exemplos as ex-prostitutas Margarida de Cortona e Maria Egípcia.

De modo prático e singelo, preliminarmente, o mestre explicita que a santidade passou a existir somente após a vinda de Cristo à Terra e, de quebra, serviu para abrandar os ânimos politeístas de numerosos pagãos que migraram para a nova crença.

No entanto, reafirma o calçadista que certos Santos ou Santas nem sempre foram exemplos de vidas virtuosas. Na verdade, muitos cometeram grandes erros; outros, inclusive, entregaram-se à total depravação antes de serem convertidos para o bem.

Atento aos detalhes, como de costume, o artesão informa ao grupo do café que, para ser canonizado e elevado à santidade, o candidato tem que necessariamente transitar por um longo e rigoroso processo de avaliação. Precisa, no mínimo, provar que teve uma existência construtiva e próxima da perfeição. Porém, no passado longínquo – é importante registrar que isso ocorria somente há muito tempo – as coisas não aconteciam necessariamente bem assim e nem nessa ordem – frisa o artesão.

Sempre atualizado, acrescenta que tais trâmites se tornaram bem mais complicados de alguns anos para cá, seja pelo advento da tecnologia da informação ou mesmo pelas execráveis práticas do "politicamente correto". Vejam que na Antiguidade tudo era bem mais simples e fácil: não existia o VAR; não filmavam tudo e depois colocavam no WhatsApp; e também não havia o patrulhamento ideológico da esquerda ou da direita.

Com a privacidade garantida e a malandragem correndo solta, alguns santos passavam boa parte de suas vidas aprontando poucas e boas, até optarem pelo arrependimento e a devida remissão dos pecados, alcançando então, sem maiores dificuldades, o ingresso no Reino dos Céus.

O Sapateiro alerta que os santos hoje parecem "sagrados demais" para serem imitados. Mas que, na verdade, são mais parecidos conosco do que imaginamos. Eles lutam contra os mesmos vícios, pecados e maus hábitos que nos sobrecarregam a cada dia. Por isso recomenda a nós, seus amigos de café, que tomemos como modelo esses homens e mulheres que nem sempre foram santos e, pela graça de Deus, venceram grandes obstáculos para se tornarem exemplos brilhantes de bons hábitos.

Na sequência o coureiro nos convida a uma rápida conferência sobre a vida de algumas figuras. Para isso usa da cronologia histórica, como é de seu gosto e costume.

Inicia citando São Dimas, talvez um dos melhores exemplos de pessoas que viveram uma existência cheia de faltas e se tornaram santos. Segundo a lenda, Dimas era um dos ladrões crucificados junto a Jesus. Teria se arrependido de tudo antes de morrer na cruz — o que garantiu a ele o *habeas corpus*, além do passaporte de entrada para o paraíso.

Dimas corresponde ao personagem do "bom ladrão", mencionado no Evangelho de Lucas no Novo Testamento, e também é conhecido como Rakh. Independentemente do nome ou da instância da corte que o absolveu, o santo se tornou, ironicamente, o protetor de casas e propriedades contra roubos, assim como o padroeiro dos presos. Até aqui nada de novo sob o Sol – como diria o grande Machado de Assis. Com certeza, particularmente no Brasil, continuamos a presenciar semelhantes disparates como se fossem as coisas mais normais do mundo.

Em seguida fala sobre São Calisto, que, antes de virar santo, em Roma, onde viveu entre os séculos II e III, embolsava o dinheiro das doações de fiéis, além de ser um grande encrenqueiro e sonegador de impostos – também aqui nada nos espanta.

Certo dia Calisto resolveu tomar jeito e dedicar a sua vida à Igreja. Depois de se redimir, se tornou o diácono responsável pelas catacumbas da Via Ápia, conhecidas atualmente como "Catacumbas de Calisto". Mais tarde, acabou virando Papa. Podem acreditar que é verdade – acentua o Sapateiro.

Agostinho de Hipona, o santo filósofo preferido do calçadista, conhecido popularmente como Santo Agostinho, viveu entre os séculos IV e V, no norte da África. Era de família abastada, mulherengo e, segundo os fofoqueiros da época, andava com duas amantes.

Diz o sábio artesão que Agostinho teve um passado tenebroso antes de dar a sua vida ao Senhor. Lutou contra a impureza por anos a fio, e mesmo depois de sua conversão ainda fazia essa oração: *"Senhor, conceda-me castidade e continência, mas não ainda hoje"*.

Santo Tomás Aquino, outro filósofo de imenso agrado do Sapateiro, é conhecido por seus escritos perspicazes na *Summa Theologica*. Sua existência terrena enfeitou a Igreja não só com os escritos fundamentais de filosofia católica, mas como experiência única e forte exemplo de pureza.

Certa vez, na tentativa de impedi-lo de tornar-se frade dominicano, sua família trouxe-lhe uma prostituta. Tomás rechaçou-a com um atiçador de fogo de lareira. Depois desenhou uma cruz na parede e se ajoelhou ao chão em oração. Ato contínuo, dois anjos apareceram a ele e colocaram um cinto angélico em torno de sua desenvolta cintura. Daquele dia em diante nunca mais sofreu tentações contra a pureza. Por intercessão de São Tomás de Aquino, o artífice roga que a turma do cafezinho obtenha o mesmo zelo e coragem que ele teve e abstenha-se do pecado carnal.

João Paulo II, canonizado recentemente em tempo recorde, tinha uma compreensão de Amor Esponsal tão profunda, que isso o inspirou a escrever a Teologia do Corpo, uma série de homilias sobre o propósito da vida, dignidade humana e sexualidade.

Recorda ainda o artesão, que, segundo o polonês Wojtyla: "A castidade é uma questão difícil a longo prazo... Mas ao mesmo tempo a castidade é o caminho certo para a felicidade."

Após essas rápidas e consistentes considerações, o Sapateiro de Bruxelas afirma que todos os santos citados, e dezenas de outros não mencionados, são exemplos inspiradores de virtudes, e provam que o Senhor é capaz de transformar grandes transgressores em seres sagrados. Portanto, ainda há tempo de arrependimento e remissão para qualquer pecador irado e renitente que ande por aí.

Isso também mostra que até mesmo os corações mais frios, prepotentes e distantes de Deus podem se voltar a Ele e receberem uma vida nova. Explica para o pessoal do café, através da telinha brilhante do computador, que é só ter um pouco de boa vontade e colaborar com o destino que tudo se ajeita – mesmo para alguns parceiros mais exaltados e boquirrotos que, por bem ou mal, acabam por misturar alhos e bugalhos.

Ao final de sua prédica, como nosso guia filosófico e espiritual, recomenda para irmos em paz e não guardarmos rancor em nossas almas. Afinal a vida é muito curta para ser desperdiçada com amarguras e agressões a esmo. E assim, mais uma vez, após ouvir as sábias palavras do bruxelense, seguimos nossas vidas, como se pouco ou nada houvesse acontecido.

Junho de 2021

DE DESCARTES
A ELEMENTOS DESCARTÁVEIS

O Sapateiro de Bruxelas, sob o triste contexto da pandemia, acaba por se entregar frequentemente a devaneios filosóficos ante a dura situação atual. Segundo suas elucubrações, o mundo dá voltas e voltas em redor de si e do Sol, e pouco ou quase nada muda no andar da carruagem, salvo alguns solavancos ou situações inéditas, geralmente associadas à estupidez humana, especialmente a algumas acontecidas nos últimos tempos.

No início de sua prédica semanal à turma do cafezinho, ensina o mestre que o pensamento da Idade Moderna foi influenciado pelo Renascimento e pelo Iluminismo, que trouxeram uma nova concepção de realidade. Lembra que a visão teológica predominante até o século XV – aliás, muito apreciada pelo coureiro – foi gradualmente substituída por uma ótica mais racional do ser humano, e como este se apresenta de fato e direito na organização social vigente.

Assim, segundo o artífice, em tempos menos subjetivos e mais práticos, cada pessoa acaba por conquistar sua posição na coletividade de acordo com a sua capacidade de ser dono de seu próprio nariz, e do poder de influenciar com seu próprio nariz, dedo ou qualquer outra parte do corpo o destino dos outros. Esta forma de aceitação coletiva da individualidade permite que alguns ampliem seu raio de ação à custa da restrição da liberdade de outrem. Divaga então o velho: sempre que alguém toma o lugar dos deuses, acaba por esquecer que os demais também existem.

Mas voltando ao tema inicial – a estupidez humana – sob um ponto de vista mais atual, o Sapateiro evoca o filósofo René Descartes (1596-1650), fundador do racionalismo moderno, por quem o artesão nutre profunda admiração.

O pensador francês associa liberdade ao conceito de livre-arbítrio: o homem é livre na medida em que pode escolher fazer ou não alguma coisa sem ser coagido por força exterior, ou seja, livremente.

No entendimento cartesiano a liberdade é o ato de saber avaliar bem e racionalmente todas as alternativas disponíveis antes de tomar uma decisão. Para Descartes, age com mais liberdade, eficiência e eficácia quem melhor compreende as alternativas que precedem a escolha. Em outras palavras, simplifica o calçadista: mais livre é o sábio que faz as coisas bem-feitas.

Aqui, o artesão recorda tempestivamente que nem todos os "sábios" cultivam o hábito da compreensão ou de bem avaliar as alternativas racionalmente disponíveis para tomarem suas decisões. Alguns, um tanto obtusos, acabam por perpetrar imensos estragos éticos e objetivos, aparentemente sem o menor sentido ou necessidade. Donde deduz o belga, cartesianamente, que os não sábios e desinformados estão mais propensos a grandes erros e trapalhadas grosseiras vida afora.

Para o artífice, que também é fã de Nietzsche, o livre-arbítrio esconde uma vontade de dominação ou um mecanismo de controle do homem sobre a ação do outro. Exemplo: "Eu sou livre, e, além de ser livre, eu mando, e vocês têm de obedecer". Tais situações surgem claramente à luz do dia, quando apaniguados chegam a cargos de decisão, acalentados pela soberba e pela insensibilidade ignorante.

Para Nietzsche, o homem livre supera a si mesmo, pratica uma espécie de "desapego" ou desconstrução de si e é um criador de novos valores. Abrindo um corolário, o calçadista afirma que grandes dificuldades, como as que vivenciamos nos dias atuais, destacam e acentuam as diferenças entre os bons e maus líderes no exercício de suas liberdades em circunstâncias semelhantes.

Na sequência da sólida argumentação, o bruxelense traz à baila o sociólogo polonês Zygmunt Bauman (1925-2017), para quem uma boa vida depende da harmonia entre segurança e liberdade, e que seria impossível ter as duas ao mesmo tempo. Bauman diz que a modernidade resultou no excesso de ordem e na escassez de liberdade. Já no decorrer do século XXI, em tempos e modernidade líquida ou pós-modernidade, predomina a desregulamentação das instituições, a crise das ideologias e a ascensão da liberdade individual.

Afirma o belga que nesse vácuo organizacional, e com o individualismo exacerbado correndo solto por aí, repentinamente surgem alguns chefetes dotados de "peculiar bom senso". Tais figuras, pouco sábias e bastante arrogantes, ao exercerem o livre-arbítrio, não hesitam, pela força de seus tresloucados atos, em colocar em risco a vida de pessoas, corporações ou entidades que deveriam estar acima das vaidades intestinas de quem quer que seja.

Ao encerrar sua fala na telinha brilhante do computador, o Sapateiro de Bruxelas observa que normalmente a coletividade considera muito as pessoas responsáveis pelas ações praticadas frente a instituições que ocasionalmente dirigem, sejam estas públicas ou privadas. Também, normalmente, de acordo com as suas performances, resultados e responsabilidade moral, estas mesmas pessoas são reconhecidas, elogiadas ou devidamente reprovadas e condenadas ao ostracismo.

Em suma, hoje em dia, sua excelência, o público, exige transparência, justiça e resolutividade por parte das organizações. Portanto, aqueles que aprontaram alguma lambança muito grande – especialmente no decorrer da pandemia – mais cedo ou mais tarde serão julgados e cobrados ao menos pelo tribunal do bom senso comum. Infelizmente alguns ainda não se deram conta que a vida dos outros não é material descartável – conclui o bruxelense.

Junho de 2021

HOBBES E O BRASIL HOJE

Em sua *live* semanal à turma do cafezinho, o Sapateiro de Bruxelas escolheu falar sobre Hobbes, filósofo inglês, que teve sua obra mais famosa, *Leviatã*, publicada em 1651. Explica-nos o mestre que *Leviatã* se trata de uma referência bíblica a Jó 41, em que o poder de um aterrorizante monstro do mar é descrito como metáfora ao poder do Estado.

No livro, o estado de natureza é substituído por um estado poderoso, governado por um soberano absoluto. E mais: essa situação é legitimada por um contrato entre todos os homens que concordam, coletivamente, em abrir mão de suas vontades individuais em favor da vontade do déspota, cujas obrigações para manter sua legitimidade implicam garantir a paz e a vida social regular. Portanto, é lógico que o dito chefe deveria ser imparcial, justo, honrado e respeitável.

O calçadista informa que, segundo Hobbes, no estado de natureza, o homem é o lobo do homem. Não raro, prevalece a guerra e a fúria de todos contra todos. Mesmo não sendo fato, isso pode acontecer a qualquer momento, ao menos no pensamento de cada um ou mesmo coletivo, complementa o artesão.

E segue o mestre no raciocínio filosófico: – O homem natural é eternamente atormentado pela imaginação: os fracos imaginam que serão massacrados ou explorados pelos fortes, podendo, inclusive, não só perder seus direitos, mas a própria vida.

Por outra, os fortes imaginam que os fracos se vingarão deles quando caírem exaustos e não puderem mais manter vigília pelos seus bens e sobrevivência. Nesse confronto insolúvel ambos seriam mortalmente derrotados.

Pior é a consequência do devaneio generalizado: motivados pelo medo mútuo, cada um – forte ou fraco, rico ou pobre, bom ou mau – parte para obter a vitória sobre o outro, até mesmo quando o outro ainda nem cogitou em atacar. Há uma espécie de paranoia coletiva – assegura o velho sabido.

Basta apenas um gesto, uma fagulha, um movimento falso para ser interpretado como grave ameaça, e aí tudo descamba para violência.

Continua o artesão em sua fala mansa e convincente: os fatos não precisam acontecer para elevar o nível de tensão e tornar a existência insuportável; basta a imaginação para gerar apreensão, angústia e pavor. O medo, portanto, é o instrumento doloroso que conduz o homem ao contrato social e, por bem ou mal, lhe garante segurança e paz.

De modo singelo, fica claro que o temor, ou de forma mais amena, a civilidade, enfim o respeito à necessária ordem mínima, é a razão mais rasa e simples de abandonar o estado de natureza e optar pelo controle estruturado, garantidor do convívio mais pacífico e produtivo possível.

Porém – comenta o erudito amigo –, é natural e mais que certo que a agressividade entre os antagonistas não cessa por completo na situação de estado organizado. Mas devemos convir, uma vez que se decida por esse estado, fica razoável para maioria, e aceito tacitamente por todos, que o supremo mandatário (no caso de uma democracia presidencialista constitucional, o presidente eleito) deve ter poder para manter a vida comunitária em boa ordem, de forma a executar o referido contrato, além de seu programa de governo previamente avalizado pelas urnas.

Ainda esclarece o artífice: o estado forte de Hobbes é o oposto do estado de terror e da anarquia completa. Esculhambação, inseguranças e tocaias pertencem à vida em estado de natureza, onde prevalece o desrespeito ao próximo e às instituições.

Assim posto e aceito – diz o Sapateiro, de forma direta e quase simplória –, o que se observa claramente, no atual momento do Brasil, é uma explícita tentativa de degradação ou decomposição do estado organizado. Grupos minoritários, aliados a forças antidemocráticas, tentam solapar o poder do governo majoritariamente escolhido, por meio de contínuos ataques infundados.

Os inconformados com a decisão da maioria, apoiados por gigantes midiáticos desmamados de suas benesses, semeiam, adubam e exacerbam discussões inócuas e sem lógica sobre os mais diversos temas.

Vale tudo, desde saúde pública, mudanças climáticas, cor dos olhos até plaquinhas de WC. Do pescoço para baixo é canela. Tudo é motivo para inflamadas e etéreas agressões, tão ridículas quanto desastrosas. Qualquer motivo serve, desde que gere insegurança, incômodo ou apreensão. Genocida e assassino viraram palavras de ordem na boca de alienados adoradores de Stalin.

Porém, é sempre bom lembrar que esses mesmos apátridas, na sua vez de governar, se encarregaram de desmoralizar a justiça ao nomearem julgadores sob encomenda para livrar da cadeia vagabundos criminosos, narcotraficantes e outros facínoras. E mais, por ora, ainda persistem em avacalhar o Congresso ao darem asas à risível CPI dos "Três Patetas".

Obcecados pelo poder, agem ferozmente para desacreditar também o executivo e suas ações para suplantar a crise sanitária e retornar à prosperidade. A turminha do quanto pior melhor volta a atacar sistematicamente, seguindo o manual doutrinário de Gramsci.

Por fim e ao cabo, o Sapateiro de Bruxelas chega à brilhante e obvia conclusão – ao menos a seu modesto entender: quebra-quebra, desordem, desrespeito a qualquer norma, banzé generalizado só interessam aos baderneiros de sempre, que querem, mais que tudo, rasgar e eliminar o contrato social construído pelo livre exercício do voto.

Removidos o bom senso, a razão e a dignidade popular, abre-se o caminho para domínio pelo monstruoso estado totalitário.

Ao encerrar sua prédica, cita outro célebre pensador inglês, este do século IX, Benjamin Disraeli: "O momento exige que os homens de bem tenham a audácia dos canalhas."

Simples assim, afirma o coureiro, ao acenar docemente para a câmara na despedida.

Junho de 2021

O SAPATEIRO DE BRUXELAS, AOS PEDAÇOS

Ultimamente tenho sido frequentemente questionado, por amigos e até desconhecidos, quanto às origens e quem de fato é o Sapateiro de Bruxelas. Sobre a genealogia do mestre me manifestarei em artigos futuros, pois é longa a sua saga familiar e remonta aos tempos do império romano. Nessa senda igualmente será esclarecida sua naturalidade belga.

No entanto, hoje, em respeito e consideração aos curiosos e gentis leitores, discorrerei brevemente sobre alguns aspectos muito peculiares da personalidade e comportamento do artífice.

Então vamos lá: o Sapateiro de Bruxelas é uma combinação particular de virtudes ou defeitos, uma pessoa comum, real, um concentrado de amigos e, portanto, não constitui um protótipo de santidade. Embora seja um personagem fictício, tem muitas qualidades e certos deméritos, alguns deles conflitantes e não publicáveis.

Como qualquer um de nós, adultos e já entrados nos anos, está acostumado a lidar com intempéries, má sorte, preconceitos e opressões hostis. A têmpera humana se forja nas adversidades – nos repete o sábio em suas preleções semanais.

Aprendeu a lidar consigo, com os outros e com os infortúnios de modo adequado e minimamente desgastante. Como é do tempo em que se amarrava cachorro com linguiça, sabe dar nó em fumaça e tem consciência de que a corda sempre arrebenta na ponta mais fraca. Isso lhe rende alguma vantagem, conhecimentos e a necessária astúcia para enfrentar o cotidiano e as peças pregadas pelo destino.

Por ser disciplinado, desenvolve diversas habilidades, geralmente vence obstáculos e alcança seus objetivos, que, cada vez, se tornam mais complexos e elaborados.

Ultimamente o artífice tem nos parecido um tanto complacente e distraído. Porém, na média, está mais impaciente e ranzinza. A ele, no entanto, não cabe o rótulo da conformidade. Sofre de certa inquietude mental. Os familiares dizem que se trata de herança genética materna.

Na escola da vida tem certeza que aprendeu mais com as contestações, percalços, dificuldades e notas baixas. As avaliações positivas, facilidades e adulações no mais das vezes se mostraram traiçoeiras e escorregadias.

Afirma-nos que como homem só consegue ver o mundo através das lentes e filtros do seu gênero. Para alguns, esse fato tem influência determinante sobre sua sensibilidade e capacidade de julgamento e análise. Porém, se diz perfeitamente "conformado" e confortável com a situação, considerada um tanto excêntrica pelos mais arejados.

O coureiro admira profundamente as mulheres que cultivam a beleza física e mental. Aprecia as atitudes de preservação da família e das espécies em geral. Um lar, além de filhos, deve ser composto por animais como gatos, cachorros, tartarugas e papagaios. Ou todos juntos, se possível. Para o bruxelense, as mulheres, além de propiciarem as mais lindas emoções, dão asas infinitas às aventuras da vida e do amor.

Sabe, no entanto e no andar da carruagem, que as paixões adotam múltiplas faces e máscaras. Confundem aos que a elas se entregam e impedem de ver os fatos como realmente são. Prudência e caldo de galinha não fazem mal a ninguém – sustenta o velho matreiro.

Recomenda redobrado cuidado com pessoas que acreditam que os fins justificam os meios. Talvez estas sejam as piores. Não tolera e não perdoa os invejosos, porque, além de notórios incompetentes, não conseguem esconder sua inconformidade com o sucesso alheio.

Muito frequentemente insiste no dito popular: se conselho fosse bom, não seria dado de graça. Embora reforce – com semelhante intensidade e frequência – que o melhor conselho se torna inútil se não for seguido pelos que não querem ouvir. Pior cego é o que não quer ver.

Vive e convive bem com seus demônios internos, neuroses, cicatrizes emocionais, vícios e limitações autoimpostas. Não mais se decepciona, nem consigo e tampouco com os outros. Não cobra nada de ninguém e não busca vingança, só não esquece o nome. Considera-se um ser experiente e bem resolvido, embora guarde forte suspeita de que alguns parceiros de cafezinho não o percebem assim.

Hoje se considera um lobo solitário – ou um lobo sanitário – que, à custa da pandemia, rejeita a sociedade e por ela é rejeitado. Seu habitat é o isolamento e seu estado natural, a solidão. Restam-lhe alguns uivos ou ganidos que propaga via internet em suas *lives* semanais.

Por sobreviver às provações e provocações do tempo, se alegra ao dividir com os parceiros de café conhecimentos e aprendizados, além do bom humor, obtidos através da vivência plena e arrebatadora.

Valores e princípios, além da inata vocação para moldar o couro e os calçados, dão ao artesão o domínio da forma. Isso para ele – em sua linguagem peculiar – é deveras confortante e alentador.

Enfim, para o Sapateiro de Bruxelas, *c'est la vie*... Mesmo que momentaneamente ela não esteja *en rose*.

Julho de 2021

MEU PAI, MI VIEJO

O Dia dos Pais, no Brasil, é comemorado anualmente no segundo domingo do mês de agosto. A ideia inicial, que teve como propósito atrair anúncios de produtos a serem dados de presente, é atribuída ao publicitário Sylvio Bhering, diretor do jornal e da rádio Globo, e aconteceu a 16 de agosto de 1953.

De acordo com o Dicionário Histórico Biográfico da Propaganda, a grande sacada rendeu ao executivo o reconhecimento como Publicitário do Ano à época.

O festejo igualmente atendia o anseio popular de celebrar os papais, pois o Dia das Mães já existia oficialmente desde 1932. A efeméride, assim, foi bem-aceita, pois fortalece os laços familiares, e também o caixa dos lojistas.

No catolicismo, durante longo tempo, a data foi dedicada a São Joaquim, que, segundo a Bíblia, era pai de Maria e, consequentemente, avô de Jesus Cristo. Por tais atributos e parentescos, São Joaquim segue considerado pela Igreja como o patriarca da família. Mais tarde, sua agenda foi transferida para o segundo domingo de agosto, permanecendo até hoje. Atualmente, é lembrado, ao lado de sua mulher, Santa Ana, a 26 de julho, Dia dos Avós.

A par, a liturgia católica enfatiza em suas missas e documentos a importância da figura paterna de São José, marido de Maria, mãe de Jesus, desde o início do século XVI, pelos franciscanos, no intuito de reforçar o papel paterno. Com o passar do tempo, aconteceu uma óbvia correlação entre José e a paternidade, de forma que as celebrações de 19 de março, reservadas ao santo, passaram a incluir os pais em geral.

Tais fatos e suas peculiaridades justificam a variação das comemorações de acordo com costumes e crenças dos diferentes povos e lugares. Em Portugal, o "Dia do Pai", a exemplo de outros países ocidentais, acontece nesse mesmo dia.

Estados Unidos e Inglaterra, de modo diverso, celebram o Dia dos Pais no terceiro domingo de junho. Por ser a influência norte-americana bem mais disseminada globalmente, a maioria dos países comemora nessa mesma data. Dentre estes se destacam Argentina, Chile, Grécia, República Tcheca e Jamaica, além de Camboja e Zimbábue.

Por outra, coincidentemente, Samoa, país-arquipélago do Pacífico, comemora o Dia dos Pais no segundo domingo de agosto. China e Taiwan têm um dia fixo – muito próximo do nosso, 8 de agosto.

Os festejos familiares, geralmente acontecem no aconchego do lar. Embora nem todos os pais sejam iguais, o sentimento predominante é de amor, afeto e gratidão a esse personagem absolutamente singular na existência de cada um.

À parte motivações religiosas e comerciais, particularmente não conheço obra artística mais pura e bela que expresse tão bem as emoções e sentimentos predominantes nesse dia que a música *Mi Viejo*, êxito internacional de Piero Franco, compositor mexicano, na década de 1970. Aqui foi sucesso inesquecível na voz de Altemar Dutra. Passo a seguir a linda letra original:

"Es un buen tipo mi viejo
Que anda solo y esperando
Tiene la tristeza larga
De tanto venir andando
    Yo lo miro de desde lejos
Pero somos tan distintos
Es que creció con el siglo
Con tranvía y vino tinto
    Viejo, mi querido viejo
Ahora ya caminas lento
Como perdonando el viento
    Yo soy tu sangre, mi viejo
Soy tu silencio y tu tiempo
    Él tiene los ojos buenos
Y una figura pesada
La edad se le vino encima

Sin carnaval ni comparsa
    Yo tengo los años nuevos
Mi padre los años viejos
El dolor lo lleva dentro
Y tiene historia sin tiempo
    Viejo, mi querido viejo
Ahora ya caminas lento
Como perdonando el viento
    Yo soy tu sangre, mi viejo
Soy tu silencio y tu tiempo
Yo soy tu sangre, mi viejo,
Soy tu silencio y tu tiempo
    Yo soy tu sangre, mi viejo"

    Deixo um recado final, uma última lembrança aos queridos leitores e leitoras: jamais esqueçam: os pais invariavelmente – cada um a seu modo – amam seus filhos e filhas. Portanto, a eles devemos ser reconhecidos pelo desvelo, esperanças e sonhos.

    Frente a essa verdade tão comum, densa e inexorável – afora quaisquer acontecimentos passados mais ou menos tristes ou traumatizantes –, aconselho que não deixem para depois o que vocês podem e devem dizer ao seu mestre, herói e amigo no dia de hoje. Mais tarde – com o perdão da redundância –, pode ser tarde demais.

    Àqueles cujos *viejos* já se foram da vida terrena, recomendo que façam uma oração íntima e silenciosa, preferencialmente a sós. Com certeza o pai vai gostar muito – esteja onde estiver – e se sentirá feliz e confortado com presente tão singelo.

    A prece pessoal, que repito há alguns tristes anos, é bastante simples: Meu velho, sob as bênçãos de Deus, quero agradecer e dizer que te amo para sempre. Amém.

                                             Agosto de 2021

DANTE ALIGHIERI: 700 ANOS

Dante Alighieri é considerado o primeiro e maior poeta da língua italiana.

Pouco se sabe sobre sua vida. Filho de uma família de nobres empobrecidos, de grande atuação política, nasceu na cidade de Florença a 25 de maio de 1265. Na infância, passou por ensinamentos franciscanos. Teve ótima educação, estudando Letras, Ciência, Artes e Teologia. Fez parte de sua instrução o Trivium, que compreendia as áreas de gramática, retórica e dialética, além do Quadrivium, com música, astronomia, geometria e aritmética. Supõe-se que por volta 1285 tenha estudado na Universidade de Bolonha. Dante, na verdade, é uma abreviação de seu real nome, Durante. Morreu em Ravena a 14 de setembro de 1321, há exatos 700 anos.

Il sommo poeta – como é chamado pelos italianos – foi muito mais do que literato numa época na qual apenas os escritos em latim eram valorizados e limitados à elite intelectual eclesiástica, responsável pelo longo período histórico entre os séculos V e XV chamado Idade Média ou Idade das Trevas. Sua escrita maior, de viés épico e teológico, *La Divina Commedia*, é considerada a obra-prima da literatura italiana e um dos auges da literatura mundial.

Concebida em *terza rima*, com a utilização de tercetos – em que o primeiro verso rima com o terceiro e o segundo com o primeiro do terceto seguinte –, compõe uma das maiores obras da história, e apesar da espantosa concisão e lucidez do autor, não é facilmente acessível aos leitores modernos.

A *Commedia*, posteriormente batizada de Divina por Giovanni Boccaccio, se tornou a base da língua italiana oficial, e culmina com a afirmação do modo medieval de entender o mundo. Boccaccio, primeiro grande realista da literatura universal, ainda foi autor de uma das primeiras biografias do mestre supremo, o *Trattatello in laude di Dante*, também conhecido como *Vita di Dante*.

Aos doze anos, em 1277, sua família decidiu pelo casamento com Gemma, prática comum à época – tanto no arranjo quanto na idade. O casal teve três filhos: Jacopo, Pietro e Antonia. Antonia tornou-se freira, com o nome de Irmã Beatriz. Como acontece, geralmente, com pessoas famosas, apareceram outros supostos filhos do poeta. Um homem, chamado Giovanni, reclamou a filiação, mas, apesar de ter estado com Dante no exílio, restam dúvidas quanto à pretensão.

Ainda jovem adolescente conheceu Beatrice Portinari. Mesmo que o próprio Dante a tenha fixado na memória quando a viu pela primeira vez, ele com nove anos e Beatriz, nessa época, com oito. Ao vê-la, escreveu o que seu próprio corpo lhe dissera: "Eis uma divindade mais forte do que eu e que deverá governar minha vida".

É difícil interpretar no que consistiu essa imensa paixão. Porém, é certo que foi de importância fulcral para a cultura italiana e para Literatura Universal. É sob o signo desse amor que Dante deixou a sua marca profunda no *Dolce Stil Nuovo* e em toda a poesia lírica italiana, abrindo caminho aos poetas e escritores que lhe seguiram ao desenvolver o tema do *amore*, que, até então, não tinha sido tão intensamente enfatizado.

O amor por Beatriz aparece como a justificativa da poesia e da própria vida, quase se confundindo com as paixões políticas, igualmente importantes para Dante. É Beatriz que lhe mostra o Céu no Paraíso.

Depois da morte de Beatriz, em 1290, Dante procurou refúgio espiritual na filosofia da literatura latina. Leu Boécio e Cícero, largamente citados em sua obra. Seu famoso amor por ela era casto, ideal e platônico. Na Divina Comédia escreveu: Não há tão grande dor / qual da lembrança de um tempo feliz.

A vida política de Dante acarretou-lhe imensos problemas e de forma sumaríssima pode ser resumida da seguinte forma:

Em 1300, Dante estava em San Gimignano, onde preparava a resistência contra intrigas papais. Em 1301, foi enviado como chefe de uma delegação ao Vaticano, com o fim de indagar as intenções do Pontífice.

O papa Bonifácio VIII rapidamente enviou os demais representantes de volta a Florença, retendo apenas o poeta em Roma. Depois de muitos reveses, ordens e contraordens, Dante foi condenado ao exílio por dois anos, além de uma elevada multa em dinheiro, sendo considerado, a partir de então, um proscrito. Não tendo pagado a multa, foi, por consequência, condenado ao exílio perpétuo. Se fosse, entretanto, capturado por soldados florentinos, seria sumariamente executado, queimado vivo.

Por causa de sua fama, não lhe faltaram protetores, e ele passou longos anos entre Verona e Bolonha. Mais tarde, entre idas e vindas, intrigas e traições, o príncipe de Ravenna convidou-o para aí morar, em 1318. Dante aceitou a generosa oferta. Foi em Ravenna que terminou o "Paraíso". Pouco depois, faleceu, talvez de malária, em 1321, aos 56 anos, sendo sepultado na Igreja de San Pier Maggiore, depois chamada Igreja de San Francesco. Jamais retornou à sua amada Florença.

Entre seus textos encontram-se: *La vita nuova* (1294), dedicado a Beatriz, após sua morte: além *De vulgaris eloquentia* (1303) e o *Convívio* (1308), escritos no exílio, nos quais defendia várias causas, como o uso da língua vulgar e o acesso de todos à literatura. Escreveu em latim *De Monarchia*, texto utópico no qual sonhava alcançar a justiça no mundo arrebatado pela discórdia.

Sua obra máxima, *A Divina Comédia* descreve uma viagem através do Inferno, Purgatório e Paraíso. Cabe ao poeta romano Virgílio, símbolo da razão humana, autor do poema épico *Eneida*, guiar Dante através do *Inferno* e do *Purgatório*. O mesmo Virgílio que séculos antes escrevera a seguinte sentença: Os portões do inferno estão abertos dia e noite, a descida é suave e o caminho, fácil.

Na parte final, ao chegar ao Paraíso, segue pela mão da sua amada Beatriz – símbolo da graça divina –, com quem, presumem muitos autores, nunca teria falado, apenas visto, talvez poucas vezes.

Em termos gerais, os leitores preferem a descrição fantástica e psicologicamente contemporânea do *Inferno*, onde as paixões se agitam de forma angustiante num ambiente cinematográfico. Os outros dois livros, o *Purgatório* e o *Paraíso*, já exigem outra abordagem: aparecem subtilezas filosóficas e teológicas em metáforas dificilmente compreensíveis à nossa época.

O *Purgatório* é considerado, dos três livros, o mais lírico e humano – onde permanecem os poetas, e onde ficou para sempre Virgílio.

O *Paraíso*, pesadamente teológico, está repleto de visões místicas, raiando o êxtase, onde o poeta tenta descrever aquilo que, confessa, é incapaz de exprimir em palavras. Apresenta-se, portanto, como "poema sagrado", o que demonstra a seriedade do lado teológico, e quiçá profético, da sua obra. Além do mais, trata-se de uma fantástica alegoria sobre a difícil ascensão do homem ao Céu, postulada com significativo sucesso nos ensinamentos de São Tomás de Aquino.

A partir de então, as crenças populares cristãs assimilaram os conceitos dantescos sobre inferno, purgatório e paraíso. Um exemplo é o fato de cada pecado merecer uma punição distinta no inferno. Assim, a Comédia tornou-se o maior símbolo literário e síntese do pensamento medieval, jamais descrito por qualquer outro autor.

O poema chamava-se "Comédia" não porque se tratasse de uma comédia no sentido atual, engraçado. Mas por razões técnicas, que têm a ver com gêneros, pois termina bem, no Paraíso. Esse era, portanto, o sentido original da palavra "Comédia", em contraste com a Tragédia, que terminava, em princípio, mal para os personagens.

Como já dito acima, Dante escreveu a "Comédia" no seu dialeto local. Ao criar um poema de estrutura épica e com propósitos filosóficos, demonstrou que a língua toscana ou língua vulgar – em oposição ao latim, que se considerava como a língua apropriada para discursos mais sérios – era adequada para o mais elevado tipo de expressão, e ao mesmo tempo estabeleceu o Toscano como dialeto padrão para a língua italiana.

Dante adaptou a forma do épico clássico, com seus múltiplos deuses, para expressar uma visão profunda do destino cristão. T.S. Elliot, escritor americano naturalizado inglês, a descreveu como "o ponto mais alto que a poesia já alcançou e jamais conseguirá alcançar".

Recentemente, o grande médico, mecenas e literato gaúcho Gilberto Schwartsmann lançou um belíssimo livro intitulado *Divina Rima: um diálogo com a Divina Comédia, de Dante Alighieri*, igualmente em *terza rima*. No prefácio da ousada obra – que assegura ao autor um lugar no panteão dos grandes escritores sul-rio-grandenses –, lindamente ilustrada por Zoravia Bettiol, o acadêmico Antônio Carlos Secchin diz:

"Se Dante narrou uma história, Schwartsman, em detalhes narrou a história dessa história, e outras mais... Como apregoa o derradeiro verso da Comédia, o amor move o Sol e as estrelas."

Aqui, nos resta apenas agradecer ao Pai Eterno e Criador por nos legar, há sete séculos, a experiência literária celestial de Dante, além da generosidade e grandeza de Gilberto nos tempos atuais.

Setembro de 2021

SOCIEDADE LÍQUIDA

O Sapateiro de Bruxelas, em sua *live* semanal, em tempos de final da pandemia, traz à baila e à telinha ideias e conceitos muito peculiares e um tanto enviesados que envolvem Zygmunt Bauman, sociólogo e filósofo, falecido em 2017, ante momento histórico que vivemos.

Explica à turma do cafezinho que foi o ilustre polonês quem fundamentou a ideia de modernidade ou sociedade "líquida". Conceito que serviu de base ao chamado movimento pós-moderno. Segundo o velho artesão, para o sábio eslavo, uma das principais características dos novos tempos está justamente na crise do Estado – entidade governamental que atualmente, em muitas partes do globo, encontra-se submissa a outras entidades ainda maiores, supranacionais, além de grandes conglomerados econômicos planetários. O calejado palestrante cita exemplos facilmente perceptíveis como a Nova Ordem Mundial (NOM) e o mais que suspeito namoro entre China e Rússia.

Com o enfraquecimento do Estado Nacional e consequente enfraquecimento dos sentimentos nacionalistas (aqui o artesão desculpa-se pela redundância), esvanecem as possibilidades de se resolver de forma local e equânime os conflitos e anseios inerentes a cada povo e sua identidade própria.

Ou de forma objetiva e em outras palavras – de acordo com o entendimento do mestre –, as aspirações coletivas geradas pelo consumismo desregrado predominante passaram a ser a nova face do antigo pensamento comunista que visa à formação de uma massa social homogeneizada, sem opinião, que escorrerá pelos ralos da vida, com rala consistência e péssimo odor, além de mortalmente poluente.

Simples decorrências do mecanismo de causa e efeito, ou apenas seguindo o caminho dos vasos comunicantes, surgem enxurradas ideológicas abobalhadas e crises políticas/sociais que inundam e emporcalham as nações dominadas e transformadas em meros satélites, depósitos de armas, misérias e bugigangas.

Segundo o bruxelense, os valores culturais e individuais, que até então interpretavam e interagiam com as aspirações e necessidades populares típicas de cada comunidade, grupo étnico, vilarejo ou bairro, a seguir assim, deixarão de existir.

Ato contínuo, ocorrerá a dissolução da convivência fraterna local e emergirá o individualismo boçal no lugar da solidariedade e da amizade. O outro, aquele ousar pensar e consumir de forma diferente da massa pastosa e pré-pronta, passará a ser um alienígena contra quem se deverá lutar e, se possível, abater e eliminar. *Homo homini lupus* – divaga o belga.

Essa situação, eminentemente prática e real, por ora, abala as origens das relações humanas e familiares e se infiltra nos lares e na consciência coletiva por meio do execrável "politicamente correto". E, na falta de referências sólidas – como religiosidade, respeito aos idosos e demais conceitos de civilidade e amor ao próximo –, provoca a dissolução da sociedade, como muito bem flagrou o filósofo em pauta.

Lembra o artífice que Bauman igualmente usou a palavra "zeitgeist" – um termo alemão cuja tradução significa espírito da época ou espírito do tempo – para definir o conjunto que forma o clima intelectual e cultural de um determinado período.

Diz ainda o bruxelense que a partir desses conceitos não podemos ignorar a densa e tensa nuvem que envolve a vida nacional e afeta o nosso modo de pensar e agir.

Daí que hoje, não por acaso, sem parâmetros éticos e morais estáveis, alguns tentam abalar a certeza do que é certo ou errado, torto ou direito.

No entanto, determinados preceitos ou tipos muito particulares de justiça – orquestrados pela grande mídia comprometida até o pescoço em súcias escusas – passam a ser percebidos pelo público como afrontas aos bons costumes e a ordem natural das coisas. Por isso – tão somente por isso – recentemente houve vigoroso rechaço público a essas distorções pela imensa maioria das pessoas de boa índole.

Certamente, a mesma maioria que não aceita se tornar refém de uma nefasta ordem que conspira contra os valores espirituais e cívicos da nossa boa gente. Empolgado o mestre brada à câmara:

– Basta aos tempos que os maus, traidores e falsários se faziam ouvir mansamente e conduziam as ovelhas para o precipício; basta àqueles que onipotentes soltam criminosos e acusam juízes; chega de ver a polícia criminalizada enquanto bandidos graúdos são endeusados; deu para época em que os empreendedores e realmente inovadores eram preteridos por incompetentes comparsas movidos pela ganância animal!

Passados alguns segundos, depois de um copo de água, mais calmo e devidamente recomposto, ao encaminhar o final de sua palestra eletrônica, o Sapateiro de Bruxelas reforça sua crença no futuro pátrio, que deverá ser próspero, limpo e grandioso – segundo suas premonições.

Pois, para o artesão, o espírito da época ou espírito do tempo muda e evolui positivamente, embora a essência humana em sua estupidez e estultice se preserve impávida e colossal, ora potencializada à enésima potência, pelos idiotas compulsivos da internet e suas redes sociais – aliás, como muito bem alertou outro grande filósofo contemporâneo, o italiano Umberto Eco, falecido em 2016.

Setembro de 2021

O GENERAL COLIN POWELL E MINHA AVÓ

Deu na manchete da versão digital do *The New York Times* do dia 18 de outubro de 2021: "Colin Powell morre aos 84 anos de complicações da Covid-19". A mensagem, que teria como fonte a família do próprio Powell, caminhou no mesmo sentido, tom e construção narrativa tendenciosa da grande imprensa nacional.

Recuando brevemente no tempo e no espaço, é importante destacar que Colin Powell foi um destacado personagem político e militar mundial do final do século XX e primeira década do século XXI. Foi o primeiro Secretário de Estado negro dos Estados Unidos e, como general quatro estrelas do Exército Americano, exerceu a chefia do Estado-Maior Conjunto das Forças Armadas no governo do presidente George H.W. Bush durante a Guerra do Golfo de 1991, quando as forças lideradas pelos EUA expulsaram as tropas iraquianas do vizinho Kuwait.

Powell, que era um republicano moderado e pragmático, também atuara como conselheiro de Segurança Nacional durante a presidência de Ronald Reagan, que pôs fim à Guerra Fria.

Por ter sido líder de relevo histórico na terra da liberdade, era absolutamente natural e gritante que sua morte corresse o mundo de todas as formas e por todas as mídias possíveis. Acontece, no entanto, que o motivo de sua passagem, creio, pode – e deve – ser mais bem explicado e aprofundado, por questões de honestidade intelectual e informativa.

Senão, vejamos: embora Powell estivesse, de fato, contaminado pelo vírus proveniente de Wuhan, cidade chinesa onde começou a pandemia de Covid-19, se faz necessário, pelo bem da verdade, acrescentar o fato de que o grande general sofria de Mieloma Múltiplo. O câncer é raro, incurável e mortal. Mesmo assim, pode ser tratado e requer um diagnóstico médico, além de exames laboratoriais e de imagem.

Além disso, até onde se sabe, não foi divulgada qual foi a complicação causada pelo novo coronavírus, nem tampouco se havia recebido a vacina ou alguma dose de reforço.

Aqui mudo o personagem e a época bruscamente.

Faço uso da memória afetiva para recordar a amada avó materna, uma das pessoas mais marcantes que conheci.

Dona Lídia Mandelli deixou muitos bons exemplos subjetivos e ações concretas que perduram até hoje.

Era muito mais que uma simples mulher, era uma entidade conhecida e reconhecida por sua dignidade, bom humor e extrema benevolência – que tangenciava a santidade. Em futuro próximo dedicarei outros escritos à sua vida e obra, certamente mais pacífica e menos notória que a do general em pauta.

Nos meados da década de 1960, a generosa dama foi vítima de Linfoma de Hodgkin, câncer do sistema imunológico linfático.

A família não poupou esforços ou recursos para confortar e prolongar sua vida. Terminou por falecer no início de 1968, três dias depois de contrair uma gripe.

Morreu como viveu, em paz, no meio dos parentes e amigos. Consumou-se uma perda brutal para nós e também para a comunidade.

Seu cortejo fúnebre foi monumental e seu esquife carregado por mãos agradecidas desde a Igreja Matriz até o Cemitério Municipal, em vultuosa procissão que não cedia lugar ao carro funerário.

Obviamente a caridosa viúva de Alcides Mandelli não era possuidora de quatro estrelas militares, embora fosse uma guerreira das causas sociais e respeitada por políticos de todas as estirpes. No decorrer de sua enfermidade recebera a visita do ex-governador Ildo Meneghetti, entre outros luminares.

No necrológio, tanto do *Correio do Povo*, de Breno Caldas, bem como na A Voz da Serra, de Estevão Carraro – ambos amigos do avô –, constava como *Causa Mortis*, simplesmente, Linfoma. Era, aliás, o mesmo diagnóstico do Atestado de Óbito, preenchido pelo médico da família.

Realmente eram outros tempos, outra moral, princípios e valores.

As pessoas e coisas, sem dúvidas, evoluíram, e junto com elas as mentiras, falsidades e o comprometimento ético de grande parte da imprensa. Evoluiu também o nefasto poder de coação ideológica que não respeita mais nada nos tempos atuais.

Vivia-se e morria-se decentemente, tementes a Deus, no conforto dos afetos domésticos e na segurança da propriedade. A televisão engatinhava, os políticos eram positivamente notados e ainda miravam os olhos dos crédulos eleitores. Doces, românticos e idos tempos que infelizmente não voltam mais.

Aqui, acredito, torna-se necessário um reparo histórico deveras relevante: minha veneranda avó, que era sétima filha de um casal de imigrantes italianos, não teve uma vida fácil. Trabalhou muito, teve filhos e netos, venceu e foi feliz. Ah, eu quase ia esquecendo da importante correção: morreu de gripe. Certo?

Outubro de 2021

O RAPTO DE DAFNE

Como é facilmente observável, o Sapateiro de Bruxelas considera-se um aficionado de carteirinha da Mitologia Grega. Usa e abusa do tema para desenvolver suas tradicionais *lives* – enquanto durar a pandemia. Tem se dirigido aos amigos do cafezinho, plateia cativa, de forma virtual há mais de ano.

Pois conta o calçadista que Apolo, o mais belo dos deuses do Olimpo, senhor da Arte, Música, Medicina e Profecia, além de protetor dos atletas e dos jovens guerreiros, meteu-se em mais uma boa enrascada.

Narra o mestre que o deus andava feliz da vida, ciente da própria beleza e confiante no seu taco, por ter abatido a terrível serpente Píton, que, da sua caverna no Monte Parnaso, assustava os habitantes daquelas paragens. Recorda que em divina homenagem, no local do extraordinário embate, ergueu-se o Oráculo de Delfos, como detalhado minuciosamente em palestra anterior.

Comenta ainda que Ovídio, poeta romano que viveu entre os anos 43 a.C. e 18 d.C., refere, na sua coleção de poesias eróticas *Metamorfoses*, que o arrogante Apolo ficou irritado ao flagrar o pequeno Cupido, deus do amor e filho de Marte e Afrodite, a brincar com seu poderoso arco e flecha. Aqui, o preletor, filólogo por natureza e gosto, lembra a seus espectadores que a palavra "erótico" advém de Eros, o mesmo Cupido, entre os gregos.

Na sequência – segundo a versão do calçadista – furibundo e espumando de raiva, Apolo repreendeu o levado menino com duras palavras: "Que queres tu, pequeno fedelho, a manusear armas mortíferas? Deixe-as para mãos de quem delas seja digno. Contenta-te com seus inofensivos brinquedos de criança, e não se atreva mais a tocar em minhas armas novamente".

Cupido, filhote mimado do divino casal, ao ouvir a dura advertência apolínea, não deixou por menos e retrucou à altura: "Tuas setas podem ferir todas as coisas, e com isso até concordo.

Mas não esqueça que as minhas também podem ferir-te, formoso e pedante mancebo".

Não satisfeito, o pequeno gênio infantil – cuja imagem se assemelha a um rechonchudo anjinho barroco – decidiu revidar e partiu para vingança ainda maior. Para mostrar superioridade, o incauto infante lançou duas de suas pequenas setas: uma de ouro – com o poder de atrair o amor – sobre o coração de Apolo; outra de chumbo – que afastava o amor – dirigida ao doce coraçãozinho da ninfa Dafne, filha do rio-deus Peneu.

Aqui o velho belga abre um necessário parêntesis em sua fala e novamente explica aos amigos do café que o vocábulo *dafne* vem do grego e significa loureiro, árvore da família das lauráceas também vulgarmente chamada pé de louro.

Ferido de amor por Cupido, Apolo foi tomado de inflamada paixão pela linda Dafne e passou, explicitamente, a dar em cima da esbelta moçoila. Ela, por sua vez, permanecia firme em seu propósito, e, portanto, avessa a todo e qualquer tipo de impertinência, intimidade ou achego mais forte – inclusive provindos do magnífico jovem.

Loucamente enamorado e completamente fora de qualquer controle, Apolo passou a perseguir Dafne por onde quer que ela andasse. Até que um belo dia, desesperada e sem rumo, a formosa resolveu fugir para a floresta no intuito de evitar o descarado assédio do divino pretendente.

Relata o coureiro que quando o vigoroso Apolo estava prestes a alcançar seu objetivo de agarrar, beijar e dizer o quanto a amava, Dafne avistou seu pai no meio do arvoredo. A filha desesperada dirigiu-se a Peneu e rogou que a salvasse mudando-lhe a forma do corpo para que o impetuoso e inconveniente candidato finalmente a deixasse em paz.

Peneu, como todo bom pai, fez o que a filha pediu... E quando o deus do Sol estava quase a tocar-lhe os cabelos, Dafne sentiu um torpor estranho apoderar-se dos seus membros: seu corpo revestiu-se de casca, seus cabelos transformaram-se em folhas, seus braços transmutaram-se em galhos e os pés cravaram-se na terra, qual raízes. Impotente e completamente inoperante frente à metamorfose da amada virada em arbusto, Apolo abraçou-se aos ramos e beijando ardentemente a árvore falou:

– Já que não podes ser minha esposa, serás a minha planta preferida e eternamente me acompanharás. Usarei as tuas folhas sempre verdes como coroa e participarás em todos os meus triunfos, consagrando com a tua verdura perfumada as frontes dos heróis.

E foi assim que o loureiro ficou associado ao belo e luminoso deus, símbolo do seu incontido amor por Dafne, conta o Sapateiro.

A partir daí a coroa de louros, láurea ou coroa triunfal, foi associada a Apolo e às supremas distinções concedidas às glórias terrenas. Grandes figuras da humanidade, incluindo os Césares, Dante, Napoleão, entre outros, a usaram. E até hoje, nos Jogos Olímpicos e noutras conquistas esportivas, constitui parte cobiçada do prêmio maior.

Informa o mestre que Apolo e Dafne tiveram seu encontro eternizado em diversas obras de arte. Dentre estas, para o fino gosto do artesão, destaca-se a mais famosa escultura de Gianlorenzo Bernini (1598-1680), expoente do barroco italiano. A obra, feita de mármore e em tamanho real, encontra-se na Galleria Borghese, em Roma, e faz parte de uma série de esculturas encomendadas pelo vaidoso cardeal Scipione Borghese, sobrinho favorito do papa Paulo V.

O veterano amigo nos confessa que vai ao pequeno e rebuscado palácio todas as vezes que visita a cidade eterna. Ali não cansa de admirar a magia de Bernini, que consegue inserir o observador na ação de um realismo fantástico e chocante. O modo desesperado com o qual Dafne tenta fugir de um Apolo alucinado, no exato momento em que a ninfa se transforma em um loureiro para ser protegida, confere a ilusão de movimento dos corpos, cabelos, tecidos, galhos e folhas. Algo etéreo, deslumbrante e incrível, leva o artesão a um estado onírico no qual todo o sofrimento humano é transfigurado e por ele sentido – assegura o artífice, com os olhos brilhantes, emocionado.

A arte barroca, opulenta, exuberante e por vezes extravagante, neste caso específico evoca deliberadamente uma incômoda assimetria de gênero, lamenta o belga. O libidinoso Apolo, transtornado, constrange a casta e frágil Dafne em fuga apavorada.

Mesmo assim, para o bruxelense, esta é mais uma linda história de um amor impossível. E talvez seja a versão primordial das milhares que surgiram no decorrer dos séculos na literatura. Shakespeare, Tolstói e Machado de Assis são alguns expoentes universais que confirmam a tese do belga.

Embora Apolo seja reconhecido pela beleza e lírica, a maior parte de seus casos de amor terminaram frustrados. Certamente pesou contra a sorte do filho de Zeus a soberba, a vaidade e respostas emocionais deveras intensas e desajustadas. Houve, por certo, falta de capacidade de entrega total ao amor e também de aceitar docemente o "não" da pessoa amada quando rechaçado.

Ao encerrar, o Sapateiro de Bruxelas evoca "o poetinha" Vinicius de Moraes – que de barroco não tem nada, embora seus versos provoquem intenções igualmente arrebatadoras – e seu famoso *Soneto da Fidelidade*, que se encerra com a antológica metáfora do terceto final:

"Eu possa me dizer do amor (que tive):
que não seja imortal, posto que é chama
Mas que seja infinito enquanto dure."

Outubro de 2021

FÁBULAS E HISTÓRIA

Em sua *live* semanal, o Sapateiro de Bruxelas fala para o grupo do cafezinho virtual sobre La Fontaine, célebre poeta e fabulista francês, que viveu no século XVII.

Conta-nos que o criativo narrador fez fama e amizade junto a Molière, Racine e outros contemporâneos notáveis. Publicou *Fábulas escolhidas*, inspirado em Esopo, escritor da Grécia antiga, reconhecido como o pai da fábula. Lembra que fábulas são historietas que tratam de vaidade, estupidez e maldade, nas quais os animais falam e agem em situações específicas, à semelhança dos humanos. Em geral são feitas de linguagem simples e guardam forte cunho moral. Os relatos curtos deixam mensagens edificantes de fácil assimilação, e alcançam especialmente as crianças de todo o mundo – nos explica o mestre em suas palavras preliminares.

Diz mais: cada ente ou bicho descrito representa um estereótipo no imaginário coletivo. Para dirimir dúvidas, apresenta alguns exemplos de domínio popular como *A cigarra e a formiga*, na qual a primeira virou sinônimo de folgazã irresponsável, enquanto a segunda leva fama de trabalhadora prevenida. Também há outros clichês, como a raposa, conhecida por sua habilidade em passar os outros para trás; o lobo, sempre cruel e injusto; e, por último, o dócil cordeiro, vítima invariável dos outros ou do destino.

Nada mais corriqueiro, portanto, nos dias atuais, especialmente na esfera política federal, que nos depararmos com certos tipos especiais que transitam frajolas pela Câmara e Senado e associá-los a algum ser fabuloso, assevera o calçadista.

Tomado de suma e súbita solenidade, assim do nada – como diz minha filha mais nova –, o artesão traz à baila uma célebre frase do sociólogo inglês W. I. Thomas: "Se os homens definem situações como reais, elas são reais em suas consequências".

E evolui em profundo devaneio: – Quando identificamos certas figuras agourentas, seus feitos perniciosos e nada fazemos; quando o pensamento comum se submete à força de leis urdidas por trapaceiros profissionais; ou mesmo quando nos deixamos conduzir como manso rebanho pelos editoriais pervertidos da grande mídia abutre; optamos por "definir para nós mesmos uma péssima situação real".

Dessa forma posta e aceita por todos vocês, meus amigos do café, fica muito fácil concluir que foi a partir do passivo consentimento ovino que todos nós chegamos ao nefasto *status quo* em que ora nos encontramos. As inexoráveis consequências – igualmente reais – abalam as mais elementares regras de convívio civilizado e fazem mal ao ânimo coletivo – arremata o artífice.

Na prática, tornou-se normal na luta animalesca pelo poder – particularmente nos debates da atual "CPI da Pandemia", também conhecida por "CPI dos três patetas" – alterar fatos com argumentos inverídicos e moldar verdades científicas aos gostos inquisitórios.

Tais "verdades", bancadas pelas raposas, antas e gazelas da vez, produzem triste fábula que, perseverando, aponta um futuro escabroso ao cordato povo brasileiro, personagem débil e facilmente manipulável dessa triste historieta. Hoje, apáticos, vivemos uma medíocre aventura que logo ali pode se transformar em tragédia – completa o velho sábio.

No momento, por vingança e deleite, precisamos deixar de agir como cordeiros e resistir aos grandes falaciosos, fazendo-os cair por suas próprias falhas morais e de caráter. Ainda conseguimos sentir emoção e desprezo frente à maldade e a hipocrisia. E bem sabemos que somos maiores, mais numerosos e melhores que esses trastes – brada o calçadista.

Como nas fábulas de La Fontaine, os fracos e justos se alegram quando ao final os desonestos e depravados perdem seus mandos, pelos, garras e dentes. Mas, acreditem, não será fácil chegar à derrocada da enorme e aparelhada matilha que persiste sedenta do erário. Teremos de secar, sofrer, agir e votar muito antes do final feliz da nossa legítima História – conclui o pomposo Sapateiro de Bruxelas.

Outubro de 2021

PÓS-PANDEMIA EM OITO CAPÍTULOS: LIVE DO SAPATEIRO DE BRUXELAS

Capítulo I: O Convite
Questionado por amigos de cafezinho, o Sapateiro de Bruxelas resolve definitivamente se manifestar em sua última e prolongada *live*, sobre o que espera do futuro nos tempos pós-pandemia.
Para elaborar resposta sedimentada e convincente, o mestre recorre – ainda que superficialmente – aos seus conhecimentos e sapiência tão peculiares e de todos conhecidos.

Capítulo II: As Grandes Revoluções
Faz questão de citar logo de início o pensador israelense Yuval Harari, com quem concorda, e que divide a história da nossa raça, didaticamente, em quatro etapas ou Revoluções. A saber: Revolução Cognitiva, Revolução Agrícola, Revolução Industrial e Revolução Digital.
Inicia falando sobre a Revolução Cognitiva, que aconteceu há 70 mil anos. Começou quando as pessoas desenvolveram a capacidade de dialogar e expandir o pensamento para além dos objetos ou da natureza corporal – assegura o mestre.
A comunicação entre humanos passou a ter a função primordial nas ações de troca, compartilhamento, cooperação e negociação. A par dessa faculdade, nossos ancestrais aprimoraram a competência de transmitir informações de um para o outro sobre algo que não existia tão somente no mundo físico. Iniciaram, então, as narrativas, lendas, mitos e as primeiras e deliciosas fofocas.
Acentua o belga que, por especial ampliação dessa terceira característica, alcançamos o elevado *status* intelectual atual. A habilidade de criar ficções, inventar coisas, aumentar ou diminuir a dimensão dos fatos a seu bel-prazer, o dom de iludir, a mentira deslavada, além da saudável arte de falar mal dos outros, permitiram que a intrometida espécic estabelecesse uma ordem social. Nós

nos organizamos em grupos ou subgrupos característicos, como tribos, raças, nações, países e torcidas organizadas que hoje – apesar da sanha animalesca de alguns mais exaltados – fazem parte do nosso normal.

Depois, há uns doze mil anos, chegou a Revolução Agrícola, eliminando os salutares hábitos da vida nômade, caçadora e coletora por excelência. As cidades com seus problemas foram instaladas nas cercanias das plantações e dos rios. Foi quando a humanidade, em bom número, passou a ser gorducha e pachorrenta.

Capítulo III: As Invenções

Ao que tudo indica, segundo o calçadista, muitas invenções foram originárias dessa época, especialmente da Mesopotâmia, atual Iraque, entre os rios Tigre e Eufrates. Definitivamente a agricultura, a irrigação, o arado, além da já citada civilização urbana, mudaram o mundo. Importante ressaltar que a escrita sistematizada aparece por volta de 3500 a.C., quando os sumérios criaram a escrita cuneiforme na mesma Mesopotâmia.

Também, em período concorrente, houve civilização do Egito Antigo, que igualmente colaborou com grandes avanços e criações como o calendário, o relógio solar, a organização governamental e as narrativas em hieróglifos que culminaram – quem diria – em verdadeiras bibliotecas.

Na sequência o belga discorre sobre a sua amada Grécia Antiga, suas belezas e seus esplendores que ainda refulgem hoje nas suas palestras. Os gregos antigos firmaram as bases das primeiras práticas médicas hipocráticas, da geometria e o conceito de democracia. Principalmente, fundaram a filosofia como a conhecemos, aliada à sua magnífica mitologia.

O Sapateiro reforça que os gregos conceberam a filosofia como uma maneira de compreender a realidade ao seu redor, sem recorrer à religião, mitos ou magia. Na verdade, os primeiros filósofos helênicos também foram cientistas que observaram e estudaram a terra, os mares, as montanhas, o sistema solar, o movimento planetário e os fenômenos astrais. O mundo pensante que conhecemos hoje começa naquele momento da história – ao entender do belga.

Capítulo IV: A Revolução Científica

A Revolução Científica datada de apenas 500 anos atrás, sem dúvida, foi o ponto de virada tecnológica que inaugurou os novos tempos. O movimento resultou da consciência plena da ignorância aliada ao desejo indômito de novas descobertas.

O astuto velho ainda afirma que a Revolução Científica foi impulsionada por governantes que, espertamente, já àquela altura do campeonato, enxergavam no conhecimento uma importante oportunidade de expandir os seus poderes. Daí a estimular, financiar e investir nas inovações foi um pulo.

A par de toda essa evolução e de olho no futuro pós-pandemia, o sábio bruxelense faz a uma curva brusca na sua argumentação. É de seu estilo.

Capítulo V: Digressões Filosóficas

Assim do nada, traz à baila o conceito de livre-arbítrio, que, segundo suas ponderações, é o poder que as pessoas têm de agirem de determinada forma, em determinada circunstância ou mesmo deixar de agir, sem nenhuma razão para tal escolha que não a própria vontade. Para reforçar o poderoso argumento, evoca santo Tomás de Aquino, para quem o livre-arbítrio, embora pareça designar um ato, é na verdade uma potência ou faculdade, por meio da qual os semelhantes podem julgar uns aos outros de forma independente e livre.

O bruxelense entende ainda necessário, para sustentar sua conclusão sobre os tempos pós-pandemia que virá ao final de sua prédica, trazer à lembrança os filósofos Thomas Hobbes (1588-1679), inglês, e Jean-Jacques Rousseau (1712-1778), franco-suíço. O primeiro defende que em "estado de natureza", isto é, na primitiva pré-história, o homem vivia em guerra constante, só refreada pela criação de instituições repressoras e organizadas como o Estado. O segundo, diferentemente, já acha que o homem é naturalmente bom, uma espécie de "bom selvagem", mas que foi corrompido pelas instituições. Visões diametralmente opostas – comenta o belga.

Enquanto Hobbes apresenta o medo da própria natureza associado a uma visão negativa da liberdade, para Rousseau somente a natureza plena permite a real expressão da liberdade benigna do homem.

O Sapateiro, sempre atualizado, afirma que recentes estudos compararam o número de mortes com indicadores de falta de recursos ou alimentos em meios de maior ou menor organização política. Os resultados mostraram que as mortes por homicídios, os assassinatos, ocorreram em maior escala em momentos de escassez, e não por causa da organização política. Tais resultados tendem vivamente a apoiar Hobbes – diz o artesão.

Capítulo VI: A Revolução Digital
Nesse ponto da *live* o astuto belga faz outra curva enviesada e retorna às grandes Revoluções. Fala da Revolução Digital e seus respectivos desdobramentos.

A Revolução Digital, também conhecida como a Terceira Revolução Industrial, refere-se a processos associados à inovação tecnológica. Iniciou entre o final dos anos 1950 e o final dos anos 1970, com a progressão e expansão do uso de computadores digitais, além dos sistemas de automação industrial. O termo também se refere às mudanças radicais trazidas pela tecnologia digital e sistemas de telecomunicações, a partir da segunda metade do século XX, explica o mestre bruxelense.

A internet penetrou na sociedade com a mesma força que a energia elétrica no breu do passado. O computador trouxe um novo aumento no uso da escrita, que estava apagada com o avanço das mídias audiovisuais, principalmente a televisão.

Essa popularização digital modificou completamente os hábitos cotidianos. Um novo mundo cheio de vantagens e facilidades foi finalmente descoberto: as distâncias geográficas encolheram e as pessoas se aproximaram com o uso da internet.

A globalização propiciada pela troca digital é incomensuravelmente maior que a alcançada pelas grandes navegações, que ampliaram o mercado mundial no início da Revolução Científica. Também na medicina, na educação, nas artes e na economia, a internet propiciou avanços fantásticos. Claramente revolucionou os hábitos e costumes: diminuiu a privacidade, diluiu fofocas e tornou quase impossível separar a vida pessoal da profissional.

Capítulo VII: As Pandemias
Finalmente o calçadista chega de vez às Pandemias. Afirma que desde os tempos mais remotos elas têm existido por todo o planeta, provocando números elevadíssimos de vítimas, com consequências nefastas sociais, econômicas e políticas.

Na Antiguidade, a maior pandemia registrada ocorreu entre 430 a 427 a.C., durante a Guerra do Peloponeso. Apelidada de Praga de Atenas ou Peste do Egito. Já em 165 a.c. surgiu a Peste Antonina, também conhecida como a Peste de Galeno. Prolongou-se até ao ano 180 a.c.

No decorrer dos séculos ocorreram muitas outras pragas, mas a Peste Negra, considerada a maior pandemia da história da civilização, merece destaque. Teve início em 1347, na Ásia Central, assolou a Europa e foi responsável por dizimar a metade da população. A epidemia global de peste bubônica foi verdadeiramente devastadora – conclui o artífice.

Mais recentemente, em 1918, surgiu a Gripe Espanhola, considerada a maior pandemia mundial. Proveniente do Oriente, assolou o planeta entre os anos de 1918-1919. Um terço da população da Terra foi infectada pelo vírus, e tornou-se a doença infecciosa que mais causou vítimas. Durou cerca de um ano e teria contribuído para cerca de 50 a 100 milhões de mortes, o que representava algo em torno de 5% da população mundial. Matou mais pessoas em 25 semanas do que a AIDS em 25 anos.

Em 2009 apareceu a Pandemia de Gripe Suína, posteriormente rotulada de Gripe A. Causada pelo vírus H1N1, provocou a morte devido a problemas respiratórios, tendo recaído principalmente sobre as pessoas mais novas, entre os 5 e os 24 anos.

Capítulo VIII: Conclusão

Por fim, ao responder sobre o futuro mundo pós-Pandemia Covid-19, após o passeio histórico-filosófico, o Sapateiro de Bruxelas chega a seguinte e mui esperada conclusão:

Não há como negar objetivamente que a Pandemia existe ou existiu independente da consciência e das nossas crenças, bem como outros inúmeros acidentes da História Universal.

Porém, Covid-19 deverá deixar de existir brevemente, e o mundo e as pessoas seguirão evoluindo em círculos, porém agora em ritmo eletrônico, ainda mais frenético e alucinante.

Ao encerrar a *live*, diz que nos últimos setecentos séculos, desde a Revolução Cognitiva até Revolução Digital, a humanidade desfrutou do livre-arbítrio e viveu sob a égide do medo hobbesiano. Nunca mudou seu comportamento básico e elementar com ou sem pandemias. Portanto, não será dessa vez que ocorrerão grandes mudanças.

Epílogo

E arremata na hora do adeusinho: *C'est la vie. Ce sont les hommes...*

PS: *Dedico este artigo ao amigo fraterno Gláucio Franklin da Silva.*

Novembro de 2021

GABINETE DE CURIOSIDADES - POESIA

Minha irmã, em nossa infância, tinha, num canto do seu imenso guarda-roupas, uma rara e cobiçada "Coleção de Coisas Grandes e Pequenas". Aquele pedaço do seu mundo nos provocava ciúmes e curiosidade. Ninguém podia chegar perto das relíquias que eram exibidas aos poucos... a conta-gotas... pela avarenta trançuda. Pequenos bibelôs e estatuetas gigantes, lasquinha de vidro e enorme pedra brilhante, microscópicos sapatinhos e calçados descomunais – uma reunião de objetos fantásticos. Havia encanto, sonhos, surpresas, gosto pelo desconhecido e uma tremenda indiscrição de nossa parte, ainda que infantil.

> Oh! Que saudades que tenho
> Da aurora da minha vida,
> Da minha infância querida
> – Que os anos não trazem mais!

Oh! Que saudades dos "Meus oito anos" e de decorar Casemiro de Abreu! Ai que saudades de, sorrateiramente, trair a confiança da minha irmã egoísta e adentrar na sua intimidade.

Pois todos esses males, essas dores, esses arrependimentos, esse sabor amargo do passado desapareceram em golpe de mágica quando pousei meus olhos, minhas mãos e meu nariz no *Gabinete de curiosidades*, magnífico livro de poesias de Gilberto Schwartsmann.

A obra, dividida em cinco partes – "Lunetas e microscópios", "Chifres e unicórnios"," Globos terrestres", "Objetos vindos da Índia" e "Conchas e outros objetos marinhos" –, me transportou da enorme casa familiar ao maravilhamento dos "Gabinetes de Curiosidades", dos imensos castelos do século XVII, entre reis, princesas e fadas.

Viajei ao passado, revivi aniversários, refiz traquinagens e li poesias como há muito não fazia. A prosa empilhada em doces versos, às vezes dolorosamente verdadeiros, despertou algo distante que havia ficado para trás. Aos poucos, fui tendo a certeza de que não morrerei como o poeta russo Iessiênin, que em situação de

Extrema dramaturgia:
Enforcou-se com seus versos,
Nos tubos do ar-condicionado,
Bem no coração de Leningrado.

A arte reconfortante, romântica, vivaz e às vezes revoltada do querido amigo tem o dom de abrandar as doenças da alma com a mesma eficiência e gentileza que o grande médico faz com os males corpo, que ao fim – como indica o Livro Sagrado – às cinzas voltará.

Quando o homem sofre,
Sofrem tantas almas de seu passado!
Adão, por não desconfiar de nada,
Eva, por ver malícia em tudo.

Em alguns versos a inconformidade juvenil aflora e persiste acesa, indignada, no coração do homem maduro, avô surpreendente. Como surpreendentes são, também, suas rimas amorosas, sempre com endereço certo – Leonor.

Com infinita beleza,
Faz do objeto comum um anel,
O compromisso de amor revela:
Sem nada dizer, diz que quer se casar com ela.

Não guardo por Gilberto a inveja que tinha da minha irmã, no passado. Mas guardo por ele, sim, um amor fraternal, sem tanto tempo, porém, cheio de justificativas.

Eu invejo os escritores
Que vivem vidas não vividas,
Mentiras e amores.

Por fim recomendo, não deixem de ler *Gabinete de curiosidades*, uma exemplar publicação da Editora Sulina, que, desde a ilustração de sua capa, é altamente sugestiva. E mais – de forma alguma pulem o prefácio "A experiência humana e a estética do maravilhamento", de Rafael Bán Jacobsen, outra peça de rara beleza a ser bem guardada na caixinha da memória. Experiências de leitura como essa não podem ir embora "com asas de passarinho" – necessitam adormecer em nosso coração e ali criar encantamentos.

Novembro de 2021

INFERNO ELEITORAL

O Sapateiro de Bruxelas em sua última *live* diz que, com a proximidade das eleições – distantes ainda um ano –, sente-se atormentado por urticárias e pensamentos recorrentes que lhe trazem à mente a inefável imagem do diabo.

Desconfia que tal fenômeno psicossomático aconteça pelas figuras nada angelicais que geralmente se apresentam para as disputas eleitorais.

Segundo o belga, que é um entendido e arguto observador político – felizmente para alguns poucos e infelizmente para a maioria –, o cão usa de toda sua astúcia, experiência e força no período pré-eleitoral. Isso, em parte, justificaria a fixação diabólica reincidente do artífice.

No momento, como é facilmente observável todas as noites no noticiário global, o Satã atua em perfeita e afinada sintonia com a grande mídia. Sua meta é ludibriar os parvos e incautos com versões mentirosas e vãs de fatos que sequer na eternidade serão confirmados. Tal intento visa tão somente manipular a parte ignara da massa e conduzi-la ao resultado eleitoral que lhe devolva as escusas regalias pretéritas.

Lembra o artesão que, desde a intervenção bíblica no Éden, o demônio vem apresentando promessas mirabolantes que resultam – uma a uma – em flagrantes desilusões para a humanidade.

Eva, a mulher original, instigada pela maléfica serpente – legítima representante de Satanás no paraíso –, cometeu o Pecado Original ao provar do fruto proibido da "árvore do conhecimento do bem e do mal".

A partir desse ato impensado, cometido pela progenitora comum de todos os homens e mulheres, nós, seus filhos e descendentes, passamos a comer o pão que o diabo amassou, com a póstera existência da morte, pragas e demais desgraças.

Lembra o velho sábio que estaríamos livres dessas e outras danações, se nossa raça houvesse persistido imaculada no jardim eterno.

Portanto, segundo o belga, é simples deduzir e constatar que a humanidade inteira é vítima primordial da incontrolável curiosidade feminina associada à irresistível tentação pecaminosa.

Diz ainda que da conjugação "curiosidade e tentação" seria impossível resultar algo virtuoso ou promissor.

Após o rápido devaneio paradisíaco, o mestre retorna ao tema do poder político terreno e constata que o *modus operandi* do capeta, desde os tempos imemoriais, continua o mesmo e funciona sob o manto da dissimulação, malandragem e persuasão.

Ao revisitar a História, o belga observa que Belzebu teve expressivo destaque na Europa, lá pelos idos da Idade Média, quando sua figura foi definitivamente incorporada às crenças e mitos das diversas seitas e religiões. Na época, os então chamados hereges, acusados de interagirem com o malvado, eram devidamente incinerados em fogueiras púbicas da Inquisição. Parecido com o que acontece agora com os que ousam discordar do "sistema".

Interessante observar que naquele período a sociedade medieval convivia com uma verdadeira miscelânea de entidades mágicas: anjos, demônios, fantasmas, plantas malignas, mortos vivos, santos, mártires e, naturalmente, bruxas que praticavam obscenidades com demônios animalescos. Assim, se comprova que desde aquela época existiam performances sinistras, que sobreviviam mesmo sem subsídios. Ser safado e vagabundo ainda não era um direito a ser bancado pelo Estado.

Com efeito, algumas coisas mudaram do medievo para hoje. Na idade das sombras – por bem ou mal – Lúcifer e seus asseclas jogavam às claras. De um modo ou outro, as vítimas do tinhoso eram os pecadores, devassos ou corruptos, como mostra Dante Alighieri na sua monumental obra A *Divina Comédia*, do início do século XII.

De lá para cá muita coisa mudou – acreditem – para pior. Com o andar dos séculos e das carruagens, o canhoto foi se infiltrando em grupos, empresas, corporações e governos, até arrumar cátedras no tribunal dos homens. Adquiriu status e poderes para castigar a todos e a rodo de maneira parelha, ampla, geral e irrestrita. Exceto, é claro, a sua camarilha, que não anda nada mal de vida e segue impune e longe de praticar o bem.

Estabeleceu-se, assim, o que o bruxelense chama de Paradoxo do Castigo Divino, no qual quem sofre sob as iras celestiais ou infernais (tanto faz) não é mais o pecador convencional, o adúltero, o ladrãozinho pé de chinelo, ou mesmo aquele que deseja a mulher do próximo.

Hoje quem vive as piores agruras e expia os maiores pecados, é o cristão comum, pacato e trabalhador, justo e simplório pagador de impostos e carnês, chefe de família, manso e humilde de coração – de acordo com o termo sagrado e consagrado.

E para maior desconforto, faz-se necessário constar que o "sete-peles" vai muito bem no Brasil neste início de milênio. Talvez até melhor do que andava no início do milênio passado na velha Europa, período de seu apogeu até então, como visto antes.

Porém, nada é comparável às evidentes lacrações e desmandos que as grandes redes de televisão impõem ao público nestes tempos de ensaios eleitorais turbinados pela Covid-19.

Ao finalizar, mesmo não sendo monge, celibatário ou candidato a cargo algum, o mestre deixa algumas indagações sobre as quais gostaria que a turma do cafezinho meditasse durante os tempos vindouros que antecedem o pleito de 2022.

Qual o perfil dos candidatos nos quais votamos na última eleição? O que esperamos de suas ações na vida pública? E o que eles andam fazendo na privada? (Por óbvio, aqui o artesão refere-se às atividades particulares de cada um deles).

Solicita ainda, o Sapateiro de Bruxelas, que, por favor, não respondamos agora. Deixemos a assertiva para o futuro, de cabeça fria.

Mas, por via das dúvidas, faz uma última recomendação em sua palestra via Web: na hora do voto eletrônico exija seu comprovante impresso e auditável. E antes de clicar o voto, não vacile: bata três vezes com os nós dos dedos na tábua e repita: xô, satanás! xô, satanás! xô, satanás!

Novembro de 2021

O FIO DE ARIADNE

O Sapateiro de Bruxelas guarda imensa admiração pela mitologia grega, como visto em suas frequentes *lives*, principalmente em tempos de pandemia. Nessa semana, o belga trouxe à baila mais uma lenda que faz questão de passar em detalhes à turma do cafezinho virtual. Romântico irremediável e encantado com os próprios sonhos, o artesão sente a presença próxima, quase física, palpável e cheirável da linda Ariadne, filha de Minos, que, por sua vez, é filho de Zeus e Europa.

Enfatiza o mestre, no início da fala, que a maior parte das histórias gregas eram passadas através da tradição oral, propiciando, portanto, muitas variantes deste e de outros relatos míticos.

De acordo com a versão do coureiro, Minos – rei da ilha de Creta – atacou a cidade de Atenas após ter seu filho ali assassinado. Sem alternativas para viver em paz, aterrorizados e oprimidos, os atenienses terminaram por aceitar uma cruel reparação na forma de entrega de sete homens jovens e sete moças a cada nove anos em sacrifício ao monstruoso Minotauro. Tal criatura medonha, com corpo de homem, cabeça e cauda de touro, habitava o labirinto construído por Dédalo e concebido com o fim de impedir a saída dos que lá se aventurassem a entrar. Então, encurraladas, as oferendas humanas eram trucidadas e devoradas pelo disforme animal.

O artífice segue absorto e calmo na curiosa narrativa: Teseu, cujo nome significa "o homem forte por excelência", resolveu acabar com tal descalabro ateniense e enfrentar cara a cara o temível monstro. Astuto, por precaução, consultou o antigo e renomado Oráculo de Delfos no intuito de descobrir se sairia vencedor. O oráculo respondeu afirmativamente, desde que ajudado pelo amor de uma virgem.

Na sequência – discorre o velho sábio – Ariadne, a filha do rei Minos, se apaixona perdidamente (desculpem a redundância) por Teseu e diz que o ajudaria se a levasse a Atenas para que se casassem.

Observa o bruxelense, num parêntesis rápido, que desde tempos imemoriais as moçoilas adoram um bom pedido de casamento.

Porém, a essa altura do campeonato e praticamente sem alternativas, o viril combatente reconheceu que essa seria a única chance de sair vivo da empreitada e, sensatamente, optou por aceitar a feminina intimação. Salienta o belga que na ocasião – segundo alguns maledicentes cretenses – Teseu pesou muito bem as consequências e terminou por concluir, enfim, que seria algo melhor casar que morrer.

Ariadne, loira belíssima, deu-lhe então uma espada e um fio de lã que ela mesma havia tecido (Fio de Ariadne), para que o mancebo pudesse achar o caminho de saída do labirinto. Deste fio, ficaria a lindona apaixonada a segurar uma das pontas para garantir o reencontro triunfante com o amado. Após uma peleja descomunal, Teseu obteve retumbante vitória e voltou a Atenas com a noiva a tiracolo – conforme previamente combinado. A história dos dois continua e muitas peripécias acontecem, mas o belga prefere interromper a narrativa e encaminhar suas digressões e conclusões finais restritas a este episódio específico.

Retornando aos meandros da lenda em pauta, o calçadista explica que o Fio de Ariadne representa um símbolo fantástico da força do amor e interação quase telepática que une as pessoas em relacionamentos intensos. E acrescenta: às vezes, essas ligações podem inclusive nos puxar como conexões físicas. São muito próximas a "barra da saia" ou "cordão umbilical" que une até mesmo filhos adultos às mães idosas. Embora invisível, a força de tensão é maior que a do próprio aço.

Assim, para o Sapateiro, o Fio de Ariadne é um condutor energético que liga alguém muito importante e amado às pessoas queridas ou que comungam dos mesmos ideais. Desse modo, um herói, um pai ou mesmo um líder pode se aventurar até as raias da loucura ou da morte, mas na hora certa será puxado de volta por esses laços mais que afetivos.

Esse fio também é a pista que permite ao buscador de boa índole rastrear até a outra extremidade o caminho das respostas e da ordem. A meada que conecta um coração justo a outro é o vestígio vital que desvenda complexos mistérios e resolve imensos conflitos.

Ao encaminhar o término da palestra eletrônica, o Sapateiro de Bruxelas muda o tom de voz, altera o semblante e desperta de seu devaneio mitológico. Previdente, o mestre faz um vaticínio enigmático para alguns e bastante claro para tantos outros:

– Hoje vivemos tempos de polarizações e desavenças morais e éticas profundas, quase mortais. É, portanto, chegada a hora de cada um encontrar e agarrar o seu Fio de Ariadne, tecido pelos princípios, valores, senso de justiça e amor ao próximo que existem em nossos corações. E armados com a espada da verdade, em nome de nossos filhos e netos, juntos, penetrarmos no labirinto do poder político para enfrentarmos os monstros que lá habitam e que há décadas nos impõem ladroagens, corrupção, injustiças, misérias e desonras. Não há mais como retroceder ou postergar. Se assim não fizermos, estaremos fadados ao pior dos destinos, o ocaso dos covardes.

Agosto de 2021

VELÓRIO E FIM DA COVID

O Sapateiro de Bruxelas nos solicita, com a devida vênia, a possibilidade de relatar à turma do cafezinho, uma pequena história acontecida no passado, quando vivia em Porto Alegre. Prontamente aquiescemos ao pedido do mestre, que, sem mais delongas, inicia a fala:
"Pois morrera o Palhares. Fora atropelado por um bonde na Avenida Assis Brasil, perto da volta do Guerino. A hipótese de suicídio fora imediatamente descartada. A unanimidade geral, mesmo que redundante, concordava: o Palha (apelido do morto) não teria coragem para tanto, era por demais medroso, sem caráter.
Homicídio chegou a ser ventilado. Havia motivo. O motorneiro morava na lomba do cemitério e era cruzeirense roxo; enquanto o falecido, ali do Passo d'Areia, fora patrono do Barroso – São José. Intrigas à parte, chegou-se à explicação mais lógica e plausível, embora peremptoriamente negada pelas moças do Instituto e Salão de Beleza La Belle de Jour, situado nas imediações do acidente. O realmente acontecido resultara de um escorregão fatal, quando Janjão Porrete aparecera de surpresa na esquina. A linda Iracema – quase virgem com os lábios de mel, segundo maledicentes do bairro –, pressentindo forte tempestade, estremecera aos braços do Palha, precipitando o final fatídico.
Juntou gente de tudo que foi lado, do Lindoia a Cachoeirinha. Logo uma senhorinha beata cobriu o corpo com um lençol branco e acendeu uma vela. Alguns ativistas mais exaltados, com bandeiras em punho, clamaram por justiça, pelo fim dos bondes e quiçá da energia elétrica, além de tentarem linchar o intruso piloto por não ter descarrilhado o veículo ou saltado à frente para imolar-se pelo (não) tão digno morador local.
Sem maiores preâmbulos, o Sapateiro segue em sua narrativa e nos leva direto ao velório, que, segundo consta, acontecera na capela mortuária do bairro.
Como era bastante comum à época, meados da década de 1960, apresentou-se o orador fúnebre para entoar a devida nênia.

Detalhista e protocolar, iniciou com o tradicional prólogo laudatório exaltando as inequívocas virtudes e inigualáveis qualidades do recém-falecido; sua vocação para o fazer o bem sem olhar a quem, sua honestidade a toda prova; companheirismo fraternal e lealdade incorruptível; além do patriotismo exacerbado e amor às artes, que cultivava levar a música aos lares, bares e adjacências, principalmente às adjacências, nas noites da capital.

Jurema e dona Jertrudes (com jota), respectivas esposa e sogra do defunto, assistiam entre o pasmo e a incredulidade à ininteligível verbosidade do gentil e estranho bardo.

Por via das dúvidas, convocaram a um canto da sala o novo varão da família, o Palhinha, para tratar dos ajustes necessários às loas entoadas pelo discursador.

De pronto Aldephonso Júnior, que até ali, do alto de seus doze anos se dedicara a apalpar as primas e amigas em abraços encharcados, e apostar com os amigos que o padre iria errar o nome do pai na hora de encomendação, dirigiu-se ao eloquente trovador e, sem pestanejar, puxou-o pela manga do paletó e sussurrou:

– Oh moço, a mãe e a vó mandaram dizer que o senhor entrou no velório errado. É pra parar com essa lenga-lenga e dar no pé de vez...

E Palhinha ainda emendou:
– O pai gostava mesmo era de carteado, boemia e mulher. Não é teu direito vir aqui e tirar esses méritos.

Diz o belga não saber bem o porquê de haver lembrado dessa historieta, segundo ele, verídica. Talvez seja pelo acúmulo de ocorrências funestas – ao seu entender exageradas em frequência e intensidade – nesse início do século XXI, em que os curiosos necrófilos não precisam mais sair de casa para ver e ouvir os tristes fatos. A morbidade virou show de TV. E comenta: – Com o ocaso da Covid-19, a mídia carniça dá sinais de abstinência e a qualquer custo precisa manter o terror.

E o sábio Sapateiro de Bruxelas chega ao final da prédica semanal com a seguinte e definitiva conclusão:
– Já não se fazem mais cafajestes e velórios como antigamente.

Novembro de 2021

GALINHAS, ECONOMIA E FELICIDADE

Coisas curiosas acontecem todos os dias por aqui. Assim fala o Sapateiro de Bruxelas logo no início de sua *live*, que hoje versará sobre economia. Mais especificamente, economia doméstica, segundo ele próprio anuncia.

Pois nada mais doméstico e trivial que a popular galinha, conhecida nas tabelas de preços dos armazéns de bairro e até no mercado internacional, como Frango Inteiro. Prontamente o mestre informa – de acordo com a sua incorruptível honestidade – que nada entende de Economia Popular ou mesmo de aves, sejam estas domésticas, silvícolas ou canoras.

Sua formação em ciências exatas, ou mais especificamente em matemática econômica, limita-se a parcas lembranças do ensino fundamental na Sint-Jan Berchmanscollege, na Rue des Ursulines 4, em Bruxelas. Desses doces anos de aprendizagem e alguns namoricos restou-lhe tão somente a utilíssima regra de três, com a qual vem defendendo e administrando bravamente o seu modesto patrimônio pela vida afora.

Claramente não se queixa de tão sublime e singelo saber, embora revele admiração insólita por Tales de Mileto e o Teorema do Círculo, Arquimedes e sua irresistível alavanca, e Pitágoras, do qual jamais esquecerá a incrível fórmula do triangulo retângulo: o comprimento da soma do quadrado dos catetos e igual ao quadrado do comprimento da hipotenusa. Embora não saiba qual a serventia dessa magnífica memória, a guarda com profundo respeito e em alta relevância.

Quanto às aves, como de resto outras coisas importantes da vida, sabe menos ainda. Porém, tem convicção de que elas são geralmente bípedes, emplumadas, e metem o bico onde não são chamadas. O que, para o belga, as assemelha muito a certos humanos, especialmente a alguns garnisés que recalcitram nas altas rodas e mesas de cafezinho da localidade.

Continua a prédica eletrônica a dizer que de todas as criaturas estudadas pela ornitologia, portanto vertebradas, ovíparas, de corpo coberto por penas, membros anteriores modificados em asas, além de possuidoras de bico córneo e desdentado, a que lhe desperta maior afeto e simpatia é justamente a querida e afável galinha.

Quase comovido, lembra que esta, quando desdobrada em anos e adentrada na idade, origina a penosa gorda ou galo velho, que, segundo o dito popular, mesmo na velhice, rendem bons e saborosos caldos ou risotos épicos.

Nesse momento da *live*, um jovem gaiato mais apressado e incontido, ansioso pelo saber, respeitosamente solicita que o sábio estabeleça logo o nexo causal entre Economia Popular e galinha ou vice-versa, pois a conferência lhe parece deveras confusa.

Invariavelmente educado e amável, o bruxelense agradece o varonil aparte e evolui imediatamente às aristotélicas conclusões.

Pois saibam os senhores e senhoras que a galinha ou frango inteiro, além de sere ave doméstica que acompanha a história da humanidade, já foi também sinônimo de prosperidade econômica em nosso país. Inclusive ajudou a eleger e reeleger presidentes e suas respectivas camarilhas.

Explico melhor: no início do chamado Plano Real, no não tão longínquo ano de 1994, e por bom tempo a seguir, um quilo de frango valia um real, que equivalia a um dólar americano. As paridades de cotação entre tais ativos enchiam os egos dos políticos, os bolsos dos turistas da classe média e também os pratos das classes baixas.

Tal proporção de valores se perseverou por anos e serviu de garantia suplementar a velhos embusteiros de diversas plumagens, cores e bicos.

Porém, alerta o Sapateiro, atualmente, passados vinte e sete anos da nova moeda, se visitarmos as gôndolas dos supermercados, veremos que o quilo do frango equivale a onze reais brasileiros ou dois dólares americanos. Sem falar das partes nobres da ave, como as adoráveis coxas ou sobrecoxas, ou apetitosos e turbinados peitos.

Onze é o valor do bicho completo, com cabeça, asas, sambiqueira, e demais miúdos intragáveis. Portanto, o preço do frango, atualmente, tornou-se um verdadeiro escárnio avícola-monetário-alimentar, que atinge toda população.

Nesse ponto da prédica que o bruxelense insere a antiquíssima, simples e útil regra de três, para chegar as seguintes conclusões:

No mesmo período que a inflação do real foi de quinhentos e cinquenta por cento, a inflação da galinha foi de mil e cem por cento. Perante a moeda-padrão mundial, dobrou de preço e chegou a cem por cento de aumento em dólar americano, o que compõe um cenário astronômico, fantástico e péssimo para quem usa tal proteína animal para se alimentar.

Como é simplesmente um coureiro que nada entende de nada – como dito antes –, logo chega à singela alternativa: ou o frango está supervalorizado na praça, ou definitivamente o dinheiro proveniente do nosso suado labor diário está valendo muito pouco, menos a cada dia.

Ou ambas as coisas – o que é mais provável.

Mas o Sapateiro de Bruxelas, com suas curvas de retóricas sempre surpreendentes e um tanto (ir)racionais, ao encaminhar o final de sua fala semanal, deixa uma última e exaltada recomendação à turma de cafezinho, e brada à câmara do seu *notebook*:

Meus amigos e minhas amigas, mediante tal realidade tão insólita quanto robusta, não criemos expectativas com políticos ou economistas! Criemos galinhas!

Além de valorizarem muito, não nos decepcionam, fazem menos sujeira e servem de despertador! De quebra, rendem ovos, que constituem um excelente alimento para toda família.

E ao finalizar a *live*, o Sapateiro de Bruxelas lembra mais uma rara e derradeira utilidade galinácea: em último caso, elas ainda podem servir de macumba para azarar a vida de algum desses políticos pilantras que vivem nos sacaneando, pincipalmente em ano de eleição presidencial.

Sim, criemos galinhas e sejamos felizes para sempre!

Dezembro de 2021

AO RENASCERMOS, A VIDA PREVALECE

O homem é o homem e suas circunstâncias, disse José Ortega y Gasset, um dos pensadores mais queridos da Espanha da primeira metade do século XX. De acordo com o madrilenho, todas as coisas e a realidade estão em permanente processo de mudança. Por essas e outras, a vida do início ao fim configura um completo e complexo aprendizado, não sendo possível chegar-se ao entendimento socrático (conhece-te a ti mesmo), se não houver a plena e perfeita capacidade de percepção de tempo, lugar, função e modo de existir.

A pandemia, que ora arrefece e parece se distanciar no horizonte, impactou a todos de um jeito ou outro; alterou, indubitavelmente, a cada um de nós – e nossas circunstâncias.

Enfrentamos diferentes e dolorosos embates, individuais, profissionais e coletivos.

Experimentamos mais tristezas que alegrias e, muitas vezes, mais desespero que conforto.

O vírus levou para sempre amigos, colegas, pessoas queridas.

Mas também vimos girar a roda da existência, e terminamos por entender que a vida prevalece.

A prevalência da vida acontece pela força dos que, apesar de tudo e todos, seguem acreditando no amor, compartilhando bons sentimentos e cuidando bem do próximo.

Por tudo isso, saúdo, reverencio e agradeço aos colegas médicos e demais profissionais da saúde, heróis de batalhas diárias, que finalmente venceram a guerra da vida contra a morte.

A vida também prevalece com o nascimento.

Particularmente, depois de participar como pediatra com quarenta anos de atuação em milhares de partos, vivi um nascimento particularmente especial durante a pandemia.

Virei avô.

Meu primeiro neto, Domênico, filho de minha filha, Lívia, e do marido médico, Alexandre – chegou ao mundo cheio de alegria e saúde. Nele, no Nico, me senti renascer, me vi e me reencontrei com o início. Pegá-lo no colo foi como tocar um fiozinho da eternidade.

Foi ao tocar o meu netinho que entendi mais profundamente o que ensinou Buda: Em nossas vidas, a mudança é inevitável. A perda é inevitável. A felicidade reside na nossa adaptabilidade em sobreviver a tudo de ruim – inclusive mais esse ano de pandemia.

Por fim, volto a Ortega y Gasset, que também disse:

"Civilização é, antes de mais nada, vontade de convivência".

Que saibamos, e queiramos, conviver, de acordo com as condições do nosso tempo, do nosso lugar e do modo de existir. Que tenhamos vontade de cooperar, suprir, plantar boas sementes e germinar. Darmo-nos as mãos, nem que seja para sentirmos, em nós e no próximo, a força da eternidade que transita por um bendito fio humano e invisível.

Deixo ao meu neto e às gerações vindouras uma frase linda de Shakespeare: "Os covardes morrem várias vezes antes da sua morte, mas o homem corajoso experimenta a morte apenas uma vez" – para renascer e vencer novamente, acrescento eu às palavras do bardo.

PS: Às vezes o silêncio é a maior homenagem. Deixo registrada a minha lealdade e gratidão ao querido amigo Nilso Zaffari, que nos deixou há poucos dias.

Dezembro de 2021

O LÍDER PRAGMÁTICO

Filosofia, consciência, escolhas lógicas, pragmatismo, liderança e heroísmo são temas da *live* nada formal propalada pelo Sapateiro de Bruxelas nesta semana. Por dever e por conhecer o teor do texto, de início, recomendo que o amigo leitor persista na leitura somente se não tiver nada, ou seja, absolutamente nada, para fazer nos próximos minutos; caso contrário, aos afazeres, que certamente serão mais interessantes e compensatórios.

Já dizia o filósofo, só sei que nada sei. Assim, ficam todos previamente avisados que o artesão nada sabe sobre os conceitos a serem exarados no decorrer da palestra eletrônica. De qualquer forma, sejam quais forem os complexos processos biológicos e neurais que ocorrem nos bastidores do cérebro do belga, é a sua consciência que oferece o palco para experiências e pensamentos que ele imagina, invariavelmente, úteis e produtivos aos amigos do café.

Diz-nos o mestre que é dos pensamentos e experiências que emanam as intenções e os desejos – nem sempre de todo confessáveis. Assim fica claro que a consciência, ao menos em princípio, é o que rege o senso e as oportunidades de cada um.

Do exercício ordenado da consciência, surge a lógica, pela qual as conclusões seguem-se a um conjunto de premissas, preferencialmente verdadeiras e consequentes, proporcionais às limitações e às percepções pessoais de cada indivíduo.

Da consciência e da lógica juntas, nasce naturalmente a escolha, mediante um processo em que diferentes desejos, pressões e atitudes combatem entre si, de modo a resultar numa decisão única ou numa ação que contempla os anseios mais ou menos elevados – dependendo da capacidade intelectual e rigor moral de quem a pratica.

Portanto, geralmente pesa sobre a escolha, a razão ou a moralidade, ainda que algumas vezes estas sejam frutos da hipocrisia ou, em casos extremos, da cretinice.

Mesmo assim, lembra o velho sábio que certa vez disse Caroline Myss, filósofa e conferencista internacional nos campos da medicina energética e consciência humana: "Como heróis em uma mítica jornada, estamos sempre lutando para fazer as escolhas certas", ainda que errando com incrível frequência, acrescenta o calejado artífice.

E o Sapateiro ainda afirma que para fazer escolhas é preciso ter coragem, que é uma tentativa desassombrada de alcançar um fim, apesar das dificuldades, riscos, custos ou sanções suficientemente sérias para dissuadir a maioria das pessoas.

Para o belga, a coragem como um estado de espírito, assemelha-se à alegria ante as dificuldades.

Lembra o erudito palestrante que, para Miguel de Cervantes (1547-1616), o grande autor de *Dom Quixote*, o significado da verdadeira coragem está entre os extremos da covardia e da impetuosidade. De outro modo, pode-se afirmar que a coragem não é a ausência de medo – o que seria uma aberração ou uma burrice –, mas sim a capacidade de sentir o grau adequado de medo.

Portanto, conclui o sábio, se controlarmos a consciência, a lógica, as escolhas e a coragem, chegaremos finalmente ao pragmatismo.

O pragmatismo, por sua vez, consiste na crença de que o significado de uma doutrina é idêntico aos efeitos práticos que resultam de sua adoção. Ou seja, a crença numa determinada ideia tem de ter uma conexão direta com o sucesso de uma determinada empreitada. Trocando em miúdos: o fim justifica os meios. Para o pragmático, a razão prática sempre se sobrepõe à razão teórica, afirma, incontido, o bruxelense.

Ao encaminhar o encerramento da presente embromação, que já se delonga mais do que deveria, o calçadista relata uma edificante historieta ocorrida há muito tempo, quando os galeões ainda singravam os mares. Tal lenda sintetiza todo o conteúdo da *live* de hoje.

"Eis que um famoso comandante e sua tripulação estavam para ser atacados por um terrível navio pirata.

Conscientes do perigo iminente, os marinheiros ameaçaram entrar em pânico, enquanto o corajoso chefe fazia sua escolha, ordenando ao imediato:

– Traga minha camisa vermelha!
O imediato prontamente trouxe a camisa vermelha do altivo oficial.
Ele a vestiu e liderou bravamente a tripulação na batalha contra os piratas. Depois de uma luta feroz, com o comandante sempre à frente, os piratas foram devidamente rechaçados.
À noite, os homens, sentados ao convés, relembravam o evento do dia, quando um marujo perguntou:
– Chefe, por que o senhor vestiu uma camisa vermelha antes da batalha?
O líder, olhando para o marujo de uma forma que somente um verdadeiro líder sabe olhar, exortou:
– Se eu fosse ferido na batalha, a camisa vermelha impediria que se visse o sangue, e vocês, homens, continuariam a lutar valentemente.
Os marinheiros ficaram em silêncio, rendendo homenagem à imensa coragem de seu condutor.
Na manhã seguinte, apareceram dois navios piratas, visando à abordagem do galeão. Novamente a tripulação sentiu intenso medo, mas o oficial desassombrado, repetiu *in continenti*:
– Tragam minha camisa vermelha!
Outra vez, os heroicos marujos repeliram o ataque das naus piratas, muito embora com algumas baixas.
Mais tarde, entretanto, os piratas voltaram a armar-se e apareceram com dez navios para o derradeiro enfrentamento.
Os homens temeram, e, apavorados, foram ao chefe, esperando a suprema decisão. O líder, pragmático como sempre, deu uma tossidinha e, meio de lado, falou ao ordenança:
– Desta vez, a coisa está feia mesmo. Traga minha calça marrom e um odorizador sanitário!"
Esse Sapateiro realmente está passando por uma fase *sui generis*, não?

Dezembro de 2021

CASSANDRA DE APOLO
E OS NOVOS TEMPOS

O Sapateiro de Bruxelas tem na mitologia grega uma fonte inesgotável de inspiração e sabedoria. Os enredos e histórias, envolvendo a intimidade dos deuses e deusas, carregam mensagens que renovam e reativam o repertório do belga. Suas elucubrações míticas, por vezes um tanto tortuosas, apontam soluções, simulações e ilações, úteis e grandiosas, que atenuam eventuais discordâncias acontecidas entre os discípulos do cafezinho.

Pois nos assegura o artesão em sua última *live* que, segundo a lenda, havia Cassandra, uma mulher esplendorosa. Ainda informa que a moçoila fazia parte da numerosa prole de dezenove descendentes do rei Príamo e da rainha Hécuba, de Troia, portanto irmã de Heitor, Paris e Polixema.

Por sua beleza ímpar e relações sociais de altíssimo nível e grau, a linda recebeu de Apolo o incomum dom da profecia. Em troca do saber futuro, virtude tão cara e cobiçada por todos – principalmente em tempos de guerra –, a exuberante e luxuriosa jovem deveria entregar-se ao vigoroso deus.

Porém, por motivos aleatórios, Cassandra não cumpriu a sua parte do trato nupcial. Apolo que já andava meio escaldado com o caso de Dafne (a ninfa que virou loureiro na hora H) e outras investidas amorosas malsucedidas, profundamente indignado com o carão desmoralizante, no uso de seu divino poder, amaldiçoou-a pelo imperdoável logro e delito afetivo. Mais que isso: irado, o deus cuspiu na boca principesca, tirando-lhe, por despeito e ódio, o dom da persuasão.

Daí em diante Cassandra vagou pela vida afora fazendo profecias a esmo. Até tentou alertar sua família e seu povo sobre a destruição da cidade-reino pelos inimigos gregos e seu gigantesco cavalo de madeira, mas restou totalmente desacreditada.

Aqui, ali e acolá, Cassandra parecia uma matraca ambulante e falava sem parar e sem despertar crédito algum. Embora suas premonições fossem verdadeiras, pertinentes e corretas, ninguém – ninguém mesmo – acreditava numa vírgula do que dizia ela.

Abreviando a narrativa e detalhes menores, o bruxelense vai direto ao ponto e à moral da história: de nada adianta clarividência, sabedoria, ou boa intenção, sem credibilidade, respeito e confiança das pessoas.

Portanto – segundo o artífice –, fica fácil, quase forçoso, nos tempos atuais, traçar uma paralela barata entre alguns personagens que frequentam as sagradas instituições republicanas, boa parte da grande mídia, e a mitológica Cassandra de Apolo.

Não é novidade que há muitos velhacos distribuídos entre políticos e imprensa que se prestam a representar Cassandra no teatro do poder nacional. Manipulam dados, distorcem informações e cancelam fatos reais com a maior falta de vergonha e cara de pau.

Por mera safadeza serviçal – ou em alguns casos mais graves, por sobrevivência eleitoral –, mentem descaradamente e a mais não poder. Assim, por certo, não merecem nada mais que a repulsa da sociedade.

E ao encaminhar o final da prédica semanal, diz o Sapateiro esperar que no próximo pleito – definitivamente consciente e indignado – Sua Excelência, o Eleitor, se invista dos poderes divinos de Apolo e cuspa na goela dos corruptos safados que, por força de disparates inconfessáveis e impensáveis manobras, pretendem exercer eternamente o poder e com isso moldar o país a seu bel-prazer e usufruto.

Lembra, no entanto, o bruxelense que Cassandra era uma bela mulher. Delas tudo se pode e deve esperar. E a elas tudo se deve perdoar e conceder.

Apolo, no intempestivo episódio em pauta, teve um comportamento rude e desmedido; hoje certamente correria o risco de amargar uma Maria da Penha ou coisa pior. Por sua vez, o mestre afirma que se no lugar do deus estivesse na dita ocasião, a história não teria um final tão edificante e sequer serviria de lição de moral a ninguém.

Seria bem diferente: o calçadista, sinuoso, amoleceria seu coração na hora e na boa. Daria à amável Cassandra uma segunda, até uma terceira ou quarta chance, por acreditar piamente que, ao fim e ao cabo, com o andar do tempo e da carruagem, ela bem faria por merecer o perdão.

Como diz uma senhorinha que conheci no passado: esse Sapateiro é mesmo um pândego.

Dezembro de 2021

BLUE MOON, UMA CANÇÃO ALÉM DO SEU TEMPO

Blue Moon está entre as mais belas canções populares de todos os tempos. É uma das músicas mais agradáveis do século XX, linda e divertida.

Composta por Richards Rodgers e Lorenz Hart no ano de 1934, foi cantada pela primeira vez no filme *Manhattan Melodrama*, da MGM, com Clark Gable no papel principal. Sucesso imediato. *Lua Azul* ou *Blue Moon* teve várias ondas de sucesso que se sucederam ao sabor das tendências e modismos das épocas. Porém, surge renovada de tempos em tempos, e, por sua beleza, desafia o próprio tempo.

A linda balada pode ser considerada como referência e prenúncio de uma magnífica era dourada dos musicais americanos, que chegaram ao apogeu na década de 1950.

Ponteou as paradas musicais em 1949, nas versões de Billy Eckstine e Mel Tormé. Ressurgiu de forma marcante nas vozes do grupo The Marcels, alcançando o topo da Bilboard 100 em 1961.

Ao longo dos anos, consagrada como clássico internacional, foi cantada em vários estilos, transitou entre o jazz e o pop. Entre seus grandes intérpretes, encontramos celebridades heterogêneas como Frank Sinatra, Elvis Presley, Ella Fitzgerald, Amália Rodrigues, Billie Holiday, Dean Martin, Cindi Lauper, Bob Dylan, Rod Stewart, Eric Clapton, entre outras, e conjuntos famosos como The Platters e The Beatles.

Convenhamos que não é pouca coisa.

O tema romântico virou letreiro de motel, hino do Manchester City, abertura de novela, perfume feminino, marca de cerveja, além de alisante de cabelos e unhas postiças. Indiscutivelmente insinuante, leve, dançante e amorosa.

A letra é simples e o embalo é contagiante, mesmo para os mais avessos e arrevesados dançarinos de bailes ou boates mais antigas. Sou testemunha viva do fato.

Bem verdade, não sei por que resolvi iniciar o ano de 2022 com essa crônica musical. Talvez seja pela falta de felicidade que está para o espírito pandêmico como falta de ar para o corpo físico com a doença chinesa. Sei lá. Não tenho explicação.

Só sei que é simples, de bom alento e bom presságio iniciar mais um período gregoriano desta vida – que já se vai longa e cansada – com a suavidade e alegria contagiantes de *Blue Moon*, uma canção além do seu tempo.

Talvez a linda música tenha surgido em minha mente em tempos de Covid-19 porque a primeira parte trata de uma espécie de oração em situação de desamparo, um tanto melosa, tristonha, enternecedora. Já a segunda, mais solta, vivaz e saltitante, traz o prazer do júbilo pela prece atendida.

Deixo para contentamento dos amigos leitores e leitoras os versos finais, muito singelos, que dizem assim:

Lua Azul
Agora não estou mais sozinho
Sem um sonho em meu coração
Sem um amor para chamar de meu.

Blue Moon
Now I'm no longer alone
Without a dream in my heart
Without a love of my own.

De tudo isso resta a certeza que boas músicas e más pandemias desaparecem e retornam no andar do tempo. E, logo, logo, não estaremos mais sozinhos: seguiremos vida afora com nossos amores em busca de nossos sonhos.

Janeiro de 2022

A EXPERIÊNCIA DE MILGRAM E A PULGA ATRÁS DA ORELHA

Na *live* de hoje, o Sapateiro de Bruxelas fala à turma do cafezinho sobre o psicólogo norte-americano Stanley Milgram (1933-1984), que realizou um estudo no mínimo polêmico e deveras paradigmático – aceito por alguns, e execrado por outros tantos, acentua. O artesão conta que o professor Milgram, judeu de família afetada pelo holocausto, foi influenciado pelos violentos eventos e efeitos da Segunda Grande Guerra Mundial. Igualmente foi sensibilizado pelo processo de julgamento de Adolf Eichmann, um dos mais altos militares da polícia nazista, que, por fim, o inspirou a realizar estudo em questão. Mais tarde, em 1964, recebeu o prêmio de psicologia social, da American Association for the Advance of Science.

O estudo, no mínimo curioso, aconteceu em maio de 1961, na Universidade de Yale, em Connecticut, nos EUA. A pretensão inicial era explicar os crimes bárbaros cometidos por nazistas durante a Guerra. O argumento envolvia relações entre aprendizagem e punição, visando a correção de um comportamento considerado incorreto.

Milgram então convidou ao seu laboratório quarenta homens com idades entre 20 e 50 anos, cujos postos de trabalho variavam entre não qualificados e profissionais diferenciados. As cobaias deveriam fazer o papel de um severo professor que aplicava choques elétricos ao aluno, sempre que este errasse a resposta a uma questão. Esclarece o belga que os voluntários ganhavam 4 dólares e 50 centavos para contribuírem com o sucesso da empreitada.

O experimento compreendia três pessoas: um laboratorista instrutor, membro da equipe do Dr. Milgram; um professor, que era a cobaia; e um "aprendiz", ator, também da equipe de Milgram, que ficava amarrado a uma cadeira com eletrodos. O falso aluno que respondia as perguntas era visto como cobaia pela cobaia verdadeira.

O professor, juntamente com o laboratorista instrutor, ficava em um compartimento contíguo ao do aluno, e fazia uma série de associações de palavras que o aluno, por sua vez, deveria responder corretamente. A cada resposta errada o aluno "tomava um choque", desferido pela cobaia – o que não acontecia na verdade – causava efeito sobre o "professor".

Conforme o teste evoluía, os choques se tornavam mais intensos, aumentando gradativamente de 15V a 450V.

O aluno ator errava propositadamente as respostas e recebia choques cada vez mais fortes, que provocavam reações de incômodo e dor, chegando até a ausência total de respostas por simulação de desmaio – comenta o artesão.

Caso o "professor" relutasse em continuar o experimento, o falso laboratorista, ao seu lado, dava os seguintes comandos: 1) Por favor, continue; 2) O experimento requer que você continue; 3) É absolutamente essencial que você continue; e uma última ordem: 4) Você não tem outra escolha a não ser continuar. Tudo muito bem organizado e meticulosamente executado.

Para estupefação geral da plateia eletrônica, composta pelos amigos e amigas de café, o bruxelense informa que, mesmo parecendo incrível, todos os quarenta participantes dispararam choques de 300V em seus "alunos". E pior: cerca de 2/3 (65%) deram o choque final de 450V.

Portanto, o estudo sugere fortemente que a maioria das pessoas tende a seguir as instruções provindas de uma figura de autoridade, desde que considere uma autoridade legítima, assevera o mestre do alto de sua sabedoria.

Confirma ainda que a experiência foi replicada em outros países e obteve resultados semelhantes, embora fortemente contestada por outros estudiosos por não ter validade científica, além de apresentar uma série de problemas teóricos e metodológicos básicos.

Por via das dúvidas, o artífice repete as palavras de Milgram: "Pessoas comuns, simplesmente fazendo seu trabalho, e sem qualquer animosidade pessoal, podem tornar-se agentes de processos terrivelmente destrutivos, mesmo quando os efeitos nocivos dotrabalho se tornam claros e são orientadas a continuar ações incompatíveis com seus padrões fundamentais de moralidade.

Relativamente poucas pessoas têm os recursos necessários para resistir à autoridade".

Posto isso, o velho belga diz que, a seu entender, de alguma forma, podemos estar revivendo a mesma experiência de Milgram, porém em escala planetária.

E explica seu raciocínio peculiar, ao considerar que podemos estar ocupando o lugar das cobaias do evento acima: basta nos submetermos e acreditar cega e piamente nos estímulos e ordens embutidos nas notícias e comentários de instrutores de jornais que a televisão insiste em colocar diariamente dentro de nossas casas.

E arremata ao afirmar que os gigantes midiáticos, indistintamente, estão nas mesmas mãos e bebem da mesma fonte contaminada por ideologias totalitárias fantasiadas de organizações internacionais isentas. Essa fantástica orquestração global, com tonalidades regionais singulares, visa atingir o mesmo fim em qualquer quadrante do planeta, qual seja: a obediência total dos indivíduos aos ditames, cuidados e preceitos que, no momento, envolvem uma doença pouquíssimo conhecida e hiperdimensionada em sua envergadura e divulgação. Uma espécie de grande ensaio geral para o futuro acorrentado.

Assim, um bando imensurável de cobaias idiotas-politicamente-corretos se alça a fazer juízos e emitir sentenças que estão produzindo um mal irreparável à sociedade, indiferentes aos efeitos morais devastadores que estão propiciando com sua obediência servil.

Vejam que tais áulicos da ignorância, meros papagaios das redes de TV se acham no direito a disparar choques a respostas por eles entendidas erradas como o "Não ao lockdown!", tratamento precoce e repulsa ao passaporte sanitário nazista.

Ao encerrar sua prédica virtual, com ares de ironia e linguagem um tanto demodê, o Sapateiro de Bruxelas conclui sua palestra:

– Tristes e graves tempos estes em que a razão está prestes a ser alçada ao lixo da história. Porém, mesmo acusado de conspiração, espero tê-los deixado com a pulga atrás da orelha.

Dá um abanico maroto e fecha a tela do computador.

Fevereiro de 2022

ATABALHOADO ENCONTRO COM O SAPATEIRO DE BRUXELAS

Dia desses, depois de muito tempo, encontrei o Sapateiro de Bruxelas. Foi tudo muito rápido, obra do acaso, ao dobrar a esquina. Há muito não o via pessoalmente, e confesso, no primeiro momento, fiquei deveras impressionado. O velho amigo estava animicamente deplorável. Se não fisicamente, moralmente abatido, aos pedaços, como costuma dizer.

Falou-me que são tantas distorções e barbaridades que atormentam o seu dia a dia nos últimos tempos, que anda pensando em sair do ar. Tomar chá de sumiço. Escafeder-se. Pendurar as chuteiras definitivamente. Enfiar-se numa toca e desaparecer de vez desse mundo de Deus.

Em último caso, pensa em enforcar-se num pé de cebola, o que até agora não fez tão somente porque não sabe por onde começar.

Para o artesão, definitivamente o planeta foi tomado por xeretas, desocupados, maledicentes, vagabundos e sem-vergonhas. As pessoas de bem, parecem cada vez mais rarefeitas e escassas, escondidas no anonimato; talvez em casa, com vergonha de sair – de botar o bico para fora, segundo o Artífice.

Realmente o belga estava furibundo, irado, soltando fogo pelas ventas, quase fora de si.

A situação atual parece irreversível e lhe causa profunda tristeza, além de imensa irritação, náuseas, pruídos e ganas de aniquilar alguém – seja lá quem for, o primeiro que aparecer à frente.

No entender do mestre, tudo se agravou com o advento da internet: basta que se emita qualquer opinião distraída ou palpite infeliz, para que se instale um bafafá medonho, uma gigantesca discórdia, razão de infindáveis e despudorados bate-bocas no inclemente patíbulo virtual que se tornaram as redes sociais.

Para o experto sábio, tudo e todos – em pensamentos, palavras ou atos – estão sujeitos ao tribunal da inquisição eletrônica, tanto para o bem quanto para o mal – com ênfase para a segunda alternativa. Hoje reina absoluta e impávida a crítica rasa e peçonhenta, que se estende das planícies da total ignorância individual aos píncaros da opinião pública, patrocinada por verdadeiros facínoras travestidos de comunicadores ou âncoras de telejornais globais.

A ordem geral e dominante no neurótico mundo digital é a seguinte: – Na dúvida, radicalize-se! Baixe-se o cacete! É proibido pensar e principalmente discordar do meu ponto de vista.

Para piorar ainda mais as coisas, vive-se, além da guerra na Ucrânia e da Pandemia mundial, a guerra de bugios entre os brasileiros. E pior: todos os lados envolvidos nos delirantes conflitos políticos estão claramente muito mais preocupados em representar seus ridículos papéis perante os pares de WhatsApp a realmente defender qualquer argumentação lógica ou positiva no transcorrer da infame contenda. Tudo o que for dito e não estiver de acordo com o pensamento (?) predominante e único da turminha legal é merda para os demais concorrentes.

Assim deu-se uma solene banana à afabilidade pessoal e à civilidade urbana. A baixaria tomou conta geral, de cima a baixo, todos viraram bugios cibernéticos, salvo as raríssimas e honrosas exceções de praxe.

A lambança fica ainda mais evidente, quando se vê nas telinhas coronéis cangaceiros, reconhecidos por explorarem eternamente a miséria do povo, falarem em vontade popular ou plebiscitos demagógicos. Por outra, há propositada divulgação positiva de ilustres ladrões condenados e repentinamente transformados em arautos da honestidade aos olhos dos incrédulos e apatetados telespectadores.

Nos tempos recentes os delitosos adquirem instintos ainda mais cruéis e grotescos, alimentados pela grande mídia insana e insaciável – reflete o sábio, deixando clara a revolta e sensação de absoluta inutilidade existencial.

Embora apresentando sinais de explícita incontida paranoia conspiratória, o artífice afirma estar com as faculdades cognitivas totalmente preservadas e, portanto, normalzinho da Silva. Mesmo assim, no atropelo da situação e da desenfreada verborragia do sábio, persisti com sérias dúvidas sobre sua sanidade mental.

Finalmente, na despedida do breve e atropelado encontro, em que me couberam apenas as rápidas e cordiais saudações, o Sapateiro de Bruxelas, retomou o tradicional ímpeto e o característico espírito altivo que o distingue:
– Porém, devemos resistir, devemos lutar, pois podem existir muitos que não nos queiram bem, tão simplesmente por falarmos a verdade. E ao final – como é sabido por todos – a verdade prevalecerá!

Na rápida despedida, deixou no ar uma citação do grande jurista Ruy Barbosa: "De tanto ver triunfar as nulidades, de tanto ver prosperar a desonra, de tanto ver crescer a injustiça, de tanto ver agigantarem-se os poderes nas mãos dos maus, o homem chega a desanimar da virtude, a rir-se da honra e a ter vergonha de ser honesto". E se foi a passos largos.

Aliás, caro leitor, nada mais lúcido e relevante que suas últimas frases, não?

Parece-me, portanto, que, apesar da rabugice e atrapalho sintomático, o bruxelense, muitas vezes, está repleto de razão. E talvez não esteja tão fora da casinha, como dizem por aí. Certamente pensarei bastante sobre isso até o nosso próximo encontro ou acidental esbarrão.

Março de 2022

CARTAS DE AMOR / LOVE LETTERS

Love letters poderia ser apenas mais uma linda canção de amor que nos leva para um cenário clássico de Hollywood de décadas passadas, mas é muito mais que isso. A canção, ao lado de *Unforgettable, When I fall in Love* e *Love Is a Many Splendored Thing*, dentre outras, foi uma das músicas eternizadas na interpretação de Nat King Cole, cantor e pianista de jazz que brilhou nas décadas de 1940 a 1960. Mais uma vez a elegância e a delicadeza do músico norte-americano, com sua voz suave, potente e sensual transparece nessa memorável performance, capaz de transmitir e envolver seus inebriados ouvintes em uma grande história de amor.

A composição de Victor Young, de 1945, para o filme homônimo (no Brasil, *Um amor em cada vida*) de William Dieterle, inicialmente sem letra, recebeu seus versos posteriormente. Edward Henman, o letrista, foi encantador ao tratar de uma temática cara à epistolografia amorosa – a comunicação com a pessoa amada e ausente.

Passadas cinco décadas, surge uma nova realidade: acabaram-se as cartas, e com elas as cartas de amor. Terminaram os dias atormentados e as noites insones das paixões à distância. O tempo se tornou estático, e, com isso, deixou de ser estético. Também sumiram os sentimentos longos e ternamente embalados por lânguidas letras e alentadoras melodias, além das missivas e dos missivistas.

Ora, resta tão somente o e-mail, o WhatsApp, o Facebook, e outras formas de comunicações imediatas, inodoras, insípidas e incolores.

A palavra escrita e errática vigora insossa nas telas luminosas assépticas; não mais existem os cadernos de caligrafia – que no meu caso não ajudaram muito –, mata-borrões ou mesmo borrões de lágrimas sobre folhas antigas.

No momento resta apenas lamentar sobre as amareladas páginas, amigas queridas da juventude distante, senhoras idosas sem serventia, que insistem em não morrer, ao menos para alguns, que as cultivam com romântico ardor.

Acreditem, jovens leitores, havia beijos cravados de rubras saudades, carimbos de batons, que selavam grandes paixões. Depois de lidas e relidas, até decoradas, as benditas páginas eram cuidadosamente dobradas e guardadas em caixas de sapatos ou em pequenos baús de sândalo – extensões de corações distantes – junto a ramas de louro para cultivar a glória e espantar as traças e os mofos do tempo.

A solidão, a eternidade que separava o próximo encontro, se foi embora acompanhada pelo doce aroma do papel perfumado com Givenchy III ou Lancaster, de acordo com o gênero do emitente.

As expectativas infindas, o atraso do carteiro, as distâncias imensas foram anulados ou simplesmente suprimidos. Desapareceram as reminiscências, os desapontamentos, os esquecimentos, as ausências e as esperanças do reencontro remetido "Par-Avion".

Saibam, leitores mais jovens, havia enleios, juras eternas, versos e pétalas de rosas, além de propostas escritas que não fazem mais sentido, até porque, com o andar da carruagem, se tornaram desnecessárias e obsoletas. Vocês sequer imaginam como era bom namorar por carta.

Hoje qualquer composição poética soa ridículo, como soa ridículo o amor no papel. Provas são as certidões de casamento, cada vez mais preteridas, se não abolidas por completo.

Atualmente, sobrevivo sem cartas. Sobram-me bilhetes, principalmente os caseiros. Das filhas recebo alguns bem-humorados – do jeitinho de cada uma, com muito afeto; fazem-me sorrir, cócegas no espírito, carinhos à alma. Da esposa recebo outros, mais densos, geralmente empapados de paixão, postados à cabeceira de nossa cama (temporariamente desprovidos dos inseparáveis bombons, por motivos óbvios, acredito), que alimentam o meu amor, dão forças para enfrentar a sanha diária, a travessia desse imenso árido que se tornou a vida nestes tempos novos.

Volto à abertura, aos últimos versos da linda canção do passado:
"Eu memorizo cada linha,
Eu beijo o nome que você assina
E querida, então eu leio de novo
Desde o início,
Cartas de amor direto de seu coração ...

I memorize every line,
I kiss the name that you sign
And darling, then I read again
Right from the start,
Love letters straight from your heart..."

Enfim passaram as cartas, passamos nós. Passa a vida.

Abril de 2022

CONTORCIONISMO E RECOMPENSA

O Sapateiro de Bruxelas, depois de breve período de constrição e celibato, retorna às adoráveis rodas de café com os amigos. O mestre nega-se a declinar as causas que determinaram seu temporário afastamento. Porém, há quem diga que foram motivações de ordem introspectiva desencadeadas por rudes questionamentos a seus posicionamentos nas redes sociais.

Particularmente, discordo de tais afirmativas, pois, como é sabido e notório, o belga não frequenta "esses ambientes cibernéticos", e tampouco valoriza detrações virtuais ou mesmo reais, de carne e osso.

De qualquer forma volta à cena em alto estilo, e discorre à turma do cafezinho sobre mais um tema tão interessante quanto curioso: contorcionismo.

Sim, diz ele, versará hoje sobre a intrigante arte circense que tem como objetivo destacar ou exibir as incríveis possibilidades físicas de contorção do corpo humano. Tal arte é curiosamente reconhecida e admirada em todo o mundo, já desde a Antiguidade.

Sua prática é tipicamente desempenhada em espetáculos públicos, explica o belga, pois não há o mínimo sentido em ficar se retorcendo em casa, em frente ao espelho, sem ninguém para ver – salvo pelo necessário e doloroso prazer do ensaio para o futuro aplauso, glória e reconhecimento público, aliás, como ocorre com as demais artes corporais.

Com estilo peculiar, o mestre aprofunda suas explicações um tanto desconexas:

– Geralmente as pessoas que praticam o contorcionismo possuem certa flexibilidade natural exacerbada, talvez hereditária. Ou seja, nasceram com esse talento, com esse dom, de transformar suas articulações e tendões em peças maleáveis como as do Homem Borracha, antigo personagem de Histórias em Quadrinhos. E mais: os pequeninos que precocemente descobrem sua ampla elasticidade músculoesquelética, principalmente antes dos sete anos de idade, podem ter grande futuro na notável façanha de maravilhar as pessoas através do corpo desengonçado.

No entanto, passados os quinze anos, haverá maior dificuldade para desenvolver total flexão das juntas, que, aliás, como é de conhecimento geral, tendem a enrijecer e tornarem-se dolorosas com o avançar da idade, acentua o velho sábio, assumindo ares ortopédicos.

Mas, ao entender do artesão, na época presente, o contorcionismo tradicional não está mais em voga. Foi substituído por um novo tipo de acrobacia que envolve flexões e torções não do corpo, e sim da mente humana. Estamos vivendo tempos de Contorcionismo Mental e/ou Intelectual.

Este sim, embora não cumpra os pré-requisitos naturais ou de treinamento do contorcionismo físico clássico, está em franca evidência e crescimento acelerado na atualidade.

Continua o bruxelense em seus devaneios e variações um tanto descabidas:

– Com o advento da imprensa, da televisão e principalmente da internet como via de comunicação e fórum de discussão, tornou-se possível a muitas pessoas nunca antes iniciadas ousar testar a sua flexibilidade mental e trocar experiências e imagens em diversas mídias, por vezes com resultados ridículos e até desastrosos.

Como se pode intuir pelo ambiente de livre estelionato moral vigente, esta prática deverá perdurar num futuro em longo prazo. No momento, por exemplo, encontra-se em franca e atordoante ebulição com a proximidade das eleições gerais.

Notadamente no setor das comunicações sociais, mais especificamente nas grandes redes de TV e jornais, além de algumas publicações menores, porém igualmente comprometidas com ideologias nefastas ou receitas escusas, há homens e mulheres que desempenham total subserviência e vassalagem ética, de acordo com atuais conchavos e conveniências vindouras.

Na prática, nós, espectadores, elementos passivos nessa composição, somos obrigados a ver e ouvir, em nossas casas, coisas do tipo: "Infelizmente a gente vai falar de notícia boa", pela *CNN*

(27/5/21), "Economia dá sinais de despiora", segundos despirocados da *Folha de São Paulo* (08/6/21), ou ainda o constante, enjoativo e pessimista telejornalismo tendencioso e manipulador da *Globo*.

Por outra, subcelebridades do show business ou do esporte são guindadas aos mais altos postos da filosofia contemporânea quando propalam qualquer asneira, que – devidamente distorcida ou ampliada – passa a interessar aos contorcionistas mentais da atualidade. Isso acontece amiúde, e já se tornou natural. Racismo, sexismo, e todos os demais "ismos" viraram prato do dia para os contorcionistas preguiçosos de plantão.

Segue o artesão com sua verve afiada:
– Infelizmente é grotesco, se não deprimente, ter que conviver com a nova cultura circense e suas especialidades, como malabarismo verbal, acrobacia moral e monociclo ideológico. Nesse picadeiro devemos ocupar ao mesmo tempo o lugar do público e do palhaço. Sem falar em ter que engolir a seco a espada e os espetáculos de ilusionismo que se tornaram as pesquisas eleitorais.

De minha parte, após tamanho destampatório, devo concordar que o belga – mesmo não sendo canário – anda com o bico muito comprido e por demais saliente e cantador. Portanto, o retorno à gaiola da obscuridade certamente lhe seria conveniente e merecido. Vamos convir que o velho está numa fase terrível, e deveria permanecer "chiuso", em permanente clausura, sem direito a espernear, assim como os réus do STF.

E ao encerrar o Sapateiro de Bruxelas insiste e remata: "Contorcionismo na política é flexibilidade de recompensa...".

Maio de 2022

A ARTE DE FALAR MAL

Na última preleção aos amigos do cafezinho, o Sapateiro de Bruxelas optou por abordar um tema deveras interessante no seu entender. Dessa vez, trata-se de um tipo de manifestação artística muito peculiar e bastante conhecida por todos os presentes frequentadores da roda de café: a arte de falar mal. Ou dito de modo mais informal e corriqueiro: a arte de fofocar.

Segundo o mestre, que se autointitula especialista no ramo, a execução de tal habilidade exige alguns atributos bem definidos que tornam sua prática, de certa forma, idêntica em qualquer paragem do planeta, a exemplo da pintura, música e demais manifestações sublimes do espírito humano.

Na sequência, o mestre enumera alguns "Mandamentos Maiores" ou pré-requisitos fundamentais e absolutamente indispensáveis ao cumprimento da ritualística necessária a tal execução.

Pormenores de grande valor e aplicabilidade são detalhados pelo belga que didaticamente passa um a um.

A primeira premissa é que a arte deve ser praticada preferencialmente entre duas pessoas, independente de sexo, religião ou qualquer outro atributo físico ou mental. O importante é que haja afinidade contextual e alguma intimidade entre os praticantes. Número maior de envolvidos possibilita a hipótese de vazamento, o que inadmissível a um bom fofoqueiro; explica que a maldade deve fluir a conta-gotas ou perderá seu efeito e função. O tempo ideal da falação deve ficar entre quarenta e cinco e noventa minutos. Em casos excepcionais, poderá haver uma prorrogação de no máximo meia hora.

Eis o segundo e óbvio mandamento: não será permitido falar mal dos presentes; por questões éticas, só será permitido denegrir a figura dos ausentes. Essa é uma lei primordial e jamais deverá ser descumprida.

Terceira e natural orientação: há que se manter uma distância adequada entre os interlocutores, que varia de no mínimo cinquenta e oito centímetros a, no máximo, um metro e vinte sete. Proximidade maior poderá ser avaliada como comprometedora entre as partes e trazer certo mal-estar ao ouvinte (salvo se o dito sofrer de problemas auditivos).

Por outra, afastamento maior tenderá a exigir tom de voz mais alto e inadequado ao tratamento às causas e personagens envolvidos em questões por vezes não muito nobres.

Desse modo, torna-se imperioso que as palavras sejam bem articuladas, com boa dicção e sonoridade adequada para que não haja quebra do raciocínio e relato, que deverá ser invariavelmente minucioso, contemplando todos os detalhes, inclusive anatômicos dos citados ou citadas.

Aqui recomenda o expert, que não se faça uso de palavras de calão, guardando-as para transcrições *ipsis litteris*, absolutamente indispensáveis enriquecedoras, especialmente quando a prosa envolve cenas cruas de sexo ou façanhas assemelhadas.

Lembra ainda que jamais um fofoqueiro sênior deve emitir juízo de valor sobre a peça em palco. Deixa ao elemento passivo, o ouvinte, a conclusão lógica ou ilógica (melhor ainda) do julgamento e devidos desdobramentos do caso em tela – como falam alguns doutos causídicos no exercício de seu nobre ofício, bem como ante os percalços da vida alheia que são a sua especialidade.

À parte ativa ou falante, o mestre recomenda cuidado especial com a higiene oral e problemas de ozostomia. Reforça o sábio que não existe nada mais repugnante que um emissário que, além do mau hálito, lance perdigotos na direção do abnegado escutador.

Segurar o parceiro ou parceira pelo braço ou qualquer outra parte do corpo também é falta grave, além de expor a risco de acusação por assédio e atentado às boas maneiras.

Ambientes silenciosos ou com leve ruído de fundo são os mais indicados para prática do fuxico. Sugere templos esotéricos, retiros naturais ou um café levemente movimentado, no máximo uma casa de chá de boa reputação na praça. Acentua que lugares um tanto heterodoxos muitas vezes são propícios a estímulos externos inovadores, dando vida, novas cores, odores e versões a fatos que de fato jamais existiram, além de servirem de campo às preliminares, que posteriormente se transformam em maravilhosos despachos noticiosos a serem saboreados na companhia de amigos e amigas.

Expressa que a ansiedade incontida faz do ouvinte curioso uma presa fácil da astúcia, literalidade e criatividade comunicativa do narrador.

No entanto, há que se ter cuidado com as paredes, pois, como é sabido por todos, estas têm ouvidos. A presença do vento acima de três nós, ou seja, superior a cinco quilômetros e quinhentos e cinquenta e seis metros por hora, também deve ser considerada com extrema cautela, na medida em que as palavras podem voar a lugares e ouvidos indesejados.

Lembra ainda que ocorrem alguns tipos variantes na prática da nobre arte: bisbilhoteiros eméritos, cortejadores um tanto fúteis são exímios na sondagem das maledicências. Estes, a exemplo dos puros e originais, cultivam com esmero a reputação pessoal de guardar segredos, e justamente por isso são bem-aceitos nas diversas rodas sociais e políticas – inclusive de café.

Outros fuxiqueiros dissidentes, por adotarem o odioso comportamento do "politicamente correto", devem ser tratados como desertores e acusados de vários defeitos inaceitáveis. O mais traiçoeiro dentre os desvios intoleráveis a um ex-maldizente é ser flagrado como um incurável egoísta ou "fechado em copas", de modo a romper a corrente do diz que diz que e dessa forma prejudicar a performance do grupo sobre imaginário comportamento de outrem.

Por via das dúvidas, o experiente coureiro recomenda o padrão-ouro na postura do difamador: discrição, modulação de voz e certa aura de mistério.

Assegura o belga – dedicado conhecedor da matéria – que, segundo pesquisas recentes realizadas por Harvard e confirmadas por Oxford, Universidade de Pádua, além de Coimbra, os temas mais frequentes e rentosos envolvem conjugalidade em suas diversas expressões e variações – ênfase em adultério. Logo atrás vem o ambiente de trabalho e as celebridades locais associadas a política, cambalachos, espionagem, desvios do erário e propinas, seguidas de grandes mancadas ou gafes sociais, indo até doenças imaginárias, crônicas ou agudas, dos ou das personagens em evidência. Cirurgias plásticas visíveis e invisíveis também são muito comentadas.

    Ressalta o coureiro que todo o intrometido em assuntos alheios deve ser pragmático de carteirinha. A férrea convicção o leva a frequentar variadas formas de ajuntamentos públicos, tais como velórios, formaturas, aniversários infantis, celebrações religiosas, quermesses beneficentes, batizados, além de outros encontros festivos de vários fins e quilates. Igualmente se faz presente em bares, restaurantes e inferninhos com o propósito expresso de ouvir e ver em detalhes tudo que de bom ou ruim acontece na vida grupal e principalmente na vida privada de cada um de seu círculo de relações ou mesmo fora dele.

    Ao encaminhar o final de sua prédica, o velho adota uma postura triste e recatada, quase fúnebre. Lamenta que na atualidade a arte de falar mal passe por franca e irremediável decadência. Para o calejado artesão, os meios eletrônicos, através das redes sociais, com especial destaque para o Facebook, Twitter e WhatsApp, estão simplesmente acabando com a gloriosa arte de falar mal. As mídias cibernéticas eliminam definitivamente o realce, a pulsão e a perspicácia vitais ao glamour da "novidade".

    Boatos, notícias de fontes mais que duvidosas e infundadas foram grosseiramente suplantados pelas infames *fake news* praticadas a rodo pela grande imprensa no atacado e por alguns fanáticos mais exaltados no varejo.

    Os atuais detratores em boa parte são escroques de baixa estirpe, que, através de visões distorcidas pelo sectarismo ideológico, se encarregam de tirar a graça das coisas.

    Antigamente as inverossimilhanças eram produzidas de forma artesanal, criativas, com capricho e sem muita maldade. Hoje, sem dúvida, predominam os Ministros dos Sussurros, carregados de ódio, inveja, perversidade e desesperança.

    Na sequência arrastam-se cadeiras em volta da mesa, pede-se mais um café e a conversa prossegue do modo costumeiro. O murmúrio de aprovação por parte dos pares alegra o Sapateiro de Bruxelas. Logo, ele se despede e sai devagar. Parece mancar um pouco – não se sabe se por faceiro ou por sem vergonha mesmo. Mas percebe-se que o velho fofoqueiro está contente em deixar sua mensagem, ao vivo e sem máscara, como fazia no passado, antes da pandemia.

Junho de 2022

O ANÔNIMO VENEZIANO

Anónimo Veneciano ou *O Anônimo Veneziano* é um emocionante filme romântico italiano de 1970 que marcou seu tempo e sensibilizou a minha e outras tantas gerações.

Dirigido por Enrico Maria Salerno, conta no elenco com Tony Mussante e a atriz brasileira Florinda Bolkan, no auge de sua sensualidade, entre outros astros. Mas o que permanece com maior relevo na memória é a belíssima música composta por Stelvio Cipriani. Essa sim ficou para sempre.

Florinda Bolkan foi apresentada a Luchino Visconti, primo da Condessa Marina Cicogna, uma famosa produtora cinematográfica, e a partir daí sua carreira deu um salto para a fama e reconhecimento internacional. Na época Florinda e Marina foram alvo de uma ruidosa fofoca sobre um caso de amor entre elas. Enfim, foram companheiras durante vinte anos.

Vamos ao enredo: Enrico, maestro e músico de renome, está gravemente doente e chama sua ex-mulher Valéria, para um encontro em Veneza, depois de anos de separação. No início há o temor de que ele queira acertar velhas contas do passado mal resolvido. Porém, durante a estadia, o amor renasce entre ambos. Enrico confessa que sofre de uma doença incurável. Valéria o ajuda a recuperar a dignidade, e o acompanha nos ensaios para um concerto.

Ao som da belíssima e marcante trilha sonora – que, além da composição de Cipriani, conta com a 5ª Sinfonia de Beethoven e com o concerto para oboé em ré menor, adágio, de Alessandro Marcello –, o par passeia pelas ruas da "Cidade do Amor" e conversa sobre o antigo relacionamento, o filho em comum, paixões, frustrações e o destino.

A força da interpretação de ambos, o roteiro e principalmente o fundo musical – tendo como palco uma Veneza sombria e cinzenta – conseguem transpor à tela a desilusão em relação aos afetos e à vida em geral: um verdadeiro turbilhão de sentimentos aflige e toca cada espectador.

Os diálogos são envolventes, marcantes e profundos; mesmo os momentos de silêncio marcam constantemente a dor dos protagonistas. É impossível não se sentir tristemente tocado, embora alguns achem a película enfadonha e machista.

Repito: O *Anônimo Veneziano* tem músicas belíssimas que enriquecem o romance e tornam a história arrebatadora. A música seria um terceiro, e talvez o principal, personagem desse marcante filme. O certo é que o conjunto da obra desperta uma empatia dolorosa e inesquecível.

Fred Bongusto gravou "Cuore Cosa Fai", o tema principal, de forma esplendorosa.

Seus últimos versos dizem assim:

Il sole alto splende già
sul viso anonimo di chi
potrà rubarti un altro sì,
un altro sì.

Il mondo é lì.
È lì.

Ou em português:

O sol já brilha alto
no rosto anônimo de quem
poderá te roubar um outro sim,
    um outro sim.

O mundo está aí.
Está aí.

Recomendo que assistam sem medo de curtir um completo desgosto, sem medo da morte e sofrimento, temas ainda candentes neste final de pandemia.

Sempre é tempo de apreciar a vida e a arte, mesmo em momentos de dor.

Julho de 2022

A POLTRONA DO SAPATEIRO DE BRUXELAS E CAMÕES

Em encontro recente, o Sapateiro de Bruxelas, que anda um tanto desaparecido das rodas de cafezinho, nos fala de sua intimidade caseira, mais especificamente de momentos de folga no lar. O artesão, inarredável e convicto sentimental, se apega profunda e definitivamente a pessoas, animais e objetos de seu entorno. Guarda radinhos antigos, filmes em DVD, discos de vinil e CDs, além de outras curiosas quinquilharias. Coleciona lápis, cortadores de unha, canetas e relógios velhos. Acreditamos que seja um tanto compulsivo, o velho.

Em conversa informal, desta vez, nos fala especialmente de sua estimada poltrona de couro tipo chesterfield, que, segundo o belga, é um móvel indispensável e de máxima utilidade, especialmente quando deseja tirar um tempo para descansar e ponderar sobre o que – de fato – anda acontecendo por aí.

É importante salientar que as práticas de exercícios monásticos se tornaram vitais ao artífice no pós-Covid-19. Mais ainda no decorrer da atual contenda eleitoral, que tem lhe provocado irritações, náuseas, pruridos e eventualmente cólicas intestinais e até vômitos.

Comenta o sábio que nestas noites de inverno, longe das aglomerações e do diz que diz incessante, e principalmente alheio aos noticiários falaciosos que envolvem e endeusam candidatos reconhecidos planetariamente por serem mentirosos e ladrões, prefere manter-se solitário em seus momentos de recomposição moral e espiritual.

Assim, em íntima e elevada dispersão, o mestre estende o corpo fatigado e medita, tendo como única ocupação física atiçar as chamas da lareira. Distraído, recorda que o fogo, elemento purificador, sempre procura o alto e simboliza a alma e o amor. Amor, que, segundo Camões, "É fogo que queima e não se vê".

Conta o artífice que a partir da aconchegante cadeira, invariavelmente acompanhado por algum livro antigo, faz viagens vertiginosas. Segue pistas impensáveis, compõe ideias, diverga alheado, até embaralhar os fatos e as narrativas do dia com a leitura que brota pródiga das páginas esclarecedoras.

Seus devaneios descrevem círculos, parábolas ou elipses entre gostos e sentimentos cultivados no tempo. Qual cão farejador, sua mente move-se para lá e para cá, a perseguir a presa inconstante sem caminho definido. Realidade e ficção se misturam em rastros imprecisos. Cada conceito, depois de ziguezaguear, é absorvido para posteriormente ser ordenado em forma geométrica, retilínea, e retornar ao mundo real associado a objetivos e resultados práticos.

O conjunto lareira, livros e estofado contribui para aplacar o tédio da objetividade líquida pós-moderna; gostos simples e imensos que contentam e abrandam a árdua faina da vida.

No móvel delicioso ele esquece os aborrecimentos e conclui que a existência de cada um não passa de uma mistura impressionante de situações terríveis passadas – como a vivida há pouco com a Pandemia, situações atuais, como a vilania da campanha política –, e outras situações deliciosas, quais as doces tardes de domingo junto a família e amigos.

É dali, de sua surrada poltrona, que os prazeres fantásticos do imaginário dão asas e fôlego a sua sempre renovada esperança.

Em tempos que somos obrigados a suportar ordens legais corrompidas e absurdas, provenientes de mentes doentias doutrinadas por ideologias nefastas, incapazes de ascender à verdade, é recomendável cultivar um cantinho seguro para alimentar o espírito, antes que nos tirem os derradeiros direitos de pensar, ser feliz e fazer escolhas – sentencia o Sapateiro de Bruxelas.

Ao despedir-se dos amigos do Café, evoca o grande jurista Ruy Barbosa: "A pior ditadura é a ditadura do Poder Judiciário. Contra ela não há a quem recorrer". E com graça e desdém, arremeda Camões: "Nesse caso não se trata de amor, e sim fogo de ódio que queima e todo mundo vê."

Setembro de 2022

ELEITORES INDECISOS

Na conversa de hoje com os amigos do cafezinho, o Sapateiro de Bruxelas discorre sobre temas metafísicos, ou àqueles que envolvem a transcendência da natureza física das coisas. Tal provocação surge quando grandes mistérios e dúvidas acometem significativa parcela de eleitores ainda indecisos e cada vez mais confusos ante as claras manipulações das pesquisas eleitorais, das eternas desconfianças que pairam sobre as urnas eletrônicas e a impossibilidade de auditagem dos votos, além de atitudes exóticas de alguns magistrados e o ostensivo comportamento parcial da grande imprensa.

De início o artesão discorre sobre a dualidade humana, de modo a distinguir claramente as diferenças ou descompassos entre nossos corpos animais e nossa inteligência criativa e racional.

Nos diz o mestre, do alto de sua experiência vital, que, através da simples observação atenta e consequente dedução lógica, facilmente pode-se descobrir e confirmar que somos parte alma, e, portanto, transcendente, e outra parte animal irracional – naturalmente limitada.

Salienta ainda que tais partes são distintas, porém acopladas uma à outra, ou ainda, sobrepostas uma à outra, embora absolutamente distintas e por vezes opostas em seus desejos, reações e gratificações.

Ressalta o Belga que, segundo a Bíblia, somos feitos à imagem e semelhança de Deus. Tal afirmativa, por si só, deveria definir a total supremacia da parte espiritual sobre a parte física, ou não haveria sentido para nossa diferenciação biológica dentre as demais espécies que compõem o restante da fauna, que, segundo consta, não foi tratada com o mesmo acuro, dedicação e denodo do Criador.

Portanto, o conflito entre a substância corporal (que veio do barro) e o espírito etéreo e imaterial azucrina, atrapalha e obstrui o bom desenvolvimento e a realização plena do conjunto da obra divina.

Também foi dito no Livro Sagrado que a carne é fraca e, portanto, não provida de sentimentos nobres ou pensamentos elevados. Ao mesmo tempo é no corpo que acontecem as experiências e sensações que proporcionam as inclinações, vontades, deleites e gostos que, muitas vezes, contaminam o espírito e nos igualam aos piores animais.

Prova fática e didática dessa dicotomia primordial são alguns pecados que constam no rol de diferentes religiões.

Entre as faltas mais execráveis, o bruxelense destaca a luxúria, os prazeres carnais, a permissividade sexual, além da inveja, soberba e vaidade. Avareza, ira ou fúria são típicas manifestações de comportamentos primitivos e agressivos.

Porém, segundo o artesão, a preguiça – avessa a qualquer esforço físico ou mental – deteriora e decompõe tanto o corpo quanto a mente. E observem que não faltam vagabundos neste mundo que, além de não servirem para nada, tentam induzir os demais seres humanos a seguirem sua senda de inutilidade, destruição e mentiras.

Posto isso e considerando que deveremos exercer conscientemente o direito cívico do voto nos próximos dias, torna-se absolutamente aconselhável que os eleitores indecisos ou que permanecem em cima do muro adotem um posicionamento preponderante humano, propositivo e equilibrado, de modo a consumar a melhor opção.

Questões como corrupção, aborto, liberdade religiosa, erotização infantil, drogas, propriedade privada e família, ao entender do bruxelense, não requerem aprofundamentos metafísicos ou transcendentes.

O reposicionamento íntimo de cada indeciso ou "murista" será definitivo no cômputo final. Portanto, a escolha daqueles que persistem no limbo eleitoral deve ser feita à luz da sabedoria, guiada pela racionalidade e isenta de paixões anímicas e mundanas.

De forma natural, na consciência de cada um, deverá prevalecer a virtude, e não a besta. Simples assim – explica o velho sábio.

E arremata: "É importante que todos votemos movidos pela ética e com o pensamento voltado para o futuro físico e espiritual de nossos filhos e netos".

Por favor, não abram mão da liberdade, a maior dádiva recebida pela espécie humana! – assinala o velho Sapateiro de Bruxelas ao despedir-se dos amigos do cafezinho.

Conclui, citando Platão no seu francês natal: "Personne n'est plus détesté que celui qui dit la vérité"; ou dito em português: "Ninguém é mais odiado do que aquele que diz a verdade".

Outubro de 2022

O ANDARILHO ACIMA DAS NUVENS

O Sapateiro de Bruxelas adentra o Café em grande estilo. Carrega, com alguma dificuldade, um pacote retangular de papel pardo, que mais parece um enorme envelope. Faz suspense... Cativa a atenção da plateia e deposita o invólucro sobre uma cadeira afastada. Abre a embalagem aos poucos... Cantarola a música da Pantera Cor-de-Rosa, de Henry Mancini, como se fosse strip-tease. Aos poucos, alegre e matreiro, revela o curioso conteúdo do invólucro que, finalmente, é descoberto e devidamente apresentado ao público, já inquieto.

Trata-se da cópia de uma pintura antiga, deveras interessante, afirma o mestre. Na gravura, há uma figura solitária, em impressão *Giclée*, sobre tela de tecido de algodão, que mede aproximadamente setenta por noventa centímetros.

O mestre, paciencioso, explica que no plano principal há um andarilho, que contempla uma imponente paisagem alpina de cima de um pico rochoso, tendo aos pés densas nuvens sombrias.

O cavalheiro, que está de costas para o apreciador da obra – mas sem ignorar a presença deste –, convida-o a contemplar o horizonte.

O personagem, altivo, que veste uma casaca verde, mira a paisagem em atitude de autorreflexão e, em posição ereta, mostra sua dominância perante o todo. Em contraste, a imponente paisagem parece absorver seus pensamentos.

No plano de fundo – chama a atenção o artífice – há cumes próximos no mar de neblina que se dissolve no limite da terra, além de uma montanha distante que se eleva sobre a cena contra um céu brancacento e luminoso.

Mostra o velho belga que o autor usa a névoa para obscurecer o que está entre as imensas montanhas e, dessa maneira, criar um ar de mistério e de natureza superior, além da sensação de perda, no infinito.

Nesse ponto, o artífice faz uma breve pausa, sorve o café aromático e ensina que a belíssima obra original se chama *Caminhante sobre o mar de névoa*. Capricha na pronúncia dos erres, e fala no mais puro alemão: *Der Wanderer über dem Nebelmeer*. A turma do cafezinho, a essa altura, vai ao delírio frenético perante a sabedoria do velho.

Informa ainda que o quadro original, também conhecido como *Viajante sobre o mar de névoa*, é uma pintura a óleo, de 1818, do artista alemão Caspar David Friedrich, e que desde 1970 pertence ao acervo da Kunsthalle de Hamburgo.

Na sequência, o Bruxelense comenta que as obras de Friedrich, muitas vezes possuem uma atmosfera nostálgica, com brumas, árvores secas, além de dramáticos efeitos de luz.

Lembra que a atmosfera melancólica de seus quadros contribuíram para que ele se tornasse conhecido como um homem taciturno, embora sua correspondência revele um fino humor e autoironia. E mais, desde que estivesse em um círculo de pessoas que o deixassem à vontade, ele mostrava um talento incomum para chistes e outras brincadeiras – afirma o estudioso e detalhista artesão.

Foi amigo de Goethe; de Johanna Schopenhauer – mãe do filósofo Schopenhauer; de Carl Gustav Carus – médico, filósofo e pintor – entre outros artistas e intelectuais marcantes da sua época.

Ao dar sinais de que encaminha o final de sua prédica semanal – dessa vez adornada com recursos áudio visuais –, o Bruxelense ressalta a importância de Friederich em cultivar a apreciação das coisas, da natureza e das cenas cotidianas, criações percebidas pelo olho espiritual além do olho material.

Essa obra, em particular – afirma solenemente o belga –, trata de uma metáfora sobre a incerteza do futuro e o papel que o ser humano desempenha efetivamente sobre os acontecimentos do porvir.

De modo natural, tal associação livre de ideias, ao seu entender, faz com que, momentaneamente, sejamos levados a pensar no contexto político-social brasileiro.

Observem: o cavalheiro viajante veste verde e está no topo da montanha pedregosa a demonstrar pretenso domínio sobre a cena e sua proximidade. Por outra, o precipício e os acontecimentos urdidos à volta, mostram ao mesmo tempo a nossa insignificância individual perante o todo tramado e, fatalmente executado, às nossas costas.

Também ninguém sabe o que realmente existe sob a densa bruma, tampouco o que nos guarda o futuro, que, certamente, não será radiante de luz. Indubitavelmente, para o calçadista, Friedrich e os acontecimentos recentes conseguem transmitir um sentimento de tragédia através da paisagem e das faces atônitas e ultrajadas de muitas pessoas de bem.

Ao finalizar, cita outra vez Goethe, para quem, quando um ser humano desperta para um grande sonho e sobre ele lança toda a força de sua alma, todo o universo conspira a seu favor. Ainda, reforça o pensamento do grande escritor e filosofo alemão, autor de *Fausto*: "na plenitude da felicidade, cada dia é uma vida inteira; quem tem bastante no seu interior, pouco precisa dos de fora".

Sem dúvida, ao que tudo indica – nos diz o Sapateiro de Bruxelas –, nos próximos anos vamos precisar muito de nossas forças interiores, até porque forças superiores, tirânicas e feéricas conspiram contra a liberdade de manifestação, expressão e pensamento.

Nessa altura, abana seu adeusinho tradicional, e sai de cena com o pacote debaixo do braço, cantarolando uma melodia recorrente em sua memória afetiva, que remonta à década de 1950: *Whatever will be, will be*, ou seja, o que será, será...

Dezembro de 2022

A MOÇA AO ENTARDECER

Ela estava absorta e disposta a nada além de olhares plácidos. Mirava o mar no horizonte como se olhasse languidamente para dentro de si. Nos intervalos, seus olhos seguiam os voos rasantes das gaivotas e o crispar da espuma das ondas esparsas que vinham docemente lamber seus pés. Tudo era silêncio, reverência e afeição, exceto o rumor das águas no eterno vai e vem, o pulsar da vida, a corrente da maré.

A luz do sol, a oeste, se apagava entre as dunas douradas às suas costas. A atmosfera era rósea e morna.

O sol, já menos agressivo, luzia sobre a areia, que exalava um leve vapor inebriante.

O brilho do mar sumia na borda do mundo, ofuscado pela névoa rastejante.

Tudo era harmônico, natural. Cada parte das coisas vivas ou mortas parecia ter um objetivo comum, um certo sentido, um nexo causal. Talvez um nexo espiritual.

Enfim veio o poente, e o crepúsculo com seu manto violáceo, aos poucos, envolveu o céu, o oceano, e tudo que demais existia. A escuridão, por um momento, emergiu majestosa e acolhedora qual útero materno.

Na orla, luzes foram surgindo amareladas, uma aqui, outra ali, outra acolá, de modo a formar um imenso colar dourado que se estendia ao longo da praia. As contas eram feitas de casas, poucos edifícios e bares que começavam a se agitar. O fulgurante pingente era materializado pelo velho Farol, que teimoso insistia em piscar qual falso brilhante, sobreposto à falésia descomunal. Visto dali, lembrava um gigantesco pirilampo.

Havia um toque de insanidade e gracejo lúgubre vindo das ondas que à noite pareciam feitas de matéria sedosa e lamacenta, e que emergiam e rolavam sobre si mesmas, preguiçosas e ameaçadoras em seu convite aterrador.

A voz rouca e repetitiva da arrebentação, de tempos em tempos, soava mais intensa e grave, como um afago desajeitado; lembrava a fala mansa e lamuriosa da irmã que partira havia poucos anos.

Sua ociosidade e isolamento – mais que nunca – compunham aquela paisagem escura. Tinha como companheiro o mar oleoso e o breu uniforme que se estendia na direção do infinito. O novo momento a apartava da verdade das coisas concretas; sobravam-lhe somente desilusões e saudades absurdas e lamentosas.

Ao longe surgiu um barquinho cintilante, e suas luzinhas fizeram brilhar vagamente seus olhos verdes apagados.

A imensidão do mundo fazia parte de si, e ela já não ocupava lugar no espaço: não era areia, nem vento, nem nada. Não era caranguejo ou sequer tatuí, muito menos água viva. Estava só e avulsa ante a existência.

Finalmente não precisava explicar a ninguém o porquê de ali estar.

Nada acontecia e nada aconteceria. Nada poderia ser mais redentor e verdadeiro que sua absoluta inutilidade e solidão. Fazia-se imortal.

Março de 2023

PROUST, TEMPOS PERDIDOS E TEMPOS GANHOS

Marcel Proust foi um ensaísta, crítico literário e grande romancista francês. Sua obra-prima À *la Recherche du Temps Perdu*, ou *Em busca do tempo perdido*, composta de sete volumes, o coloca entre os maiores escritores do século XX e da literatura mundial.

Batizado Valentin Louis Georges Eugène Marcel Proust, nasceu na casa de seu tio-avô, em Auteuil, na elegante Zona Sudeste de Paris, no dia 10 de julho de 1871, pouco depois do final da Guerra Franco-Prussiana, época marcada pela violência e grandes revoluções. Faleceu de complicações pulmonares, em seu apartamento, em Paris, a 18 de novembro de 1922.

Seu pai, Adrien Proust, foi um médico renomado, epidemiologista, escreveu inúmeros livros e artigos sobre medicina e higiene; sua mãe, Jeanne Clémence, vinda da Alsácia, de família judaica muito rica, era extremamente culta e bem-humorada. Ambos propiciaram-lhe uma vida luxuosa.

Passou entre intelectuais, artistas plásticos, escritores de diversas procedências, eruditos e militares. Frequentou salões grã-finos da aristocracia francesa decadente e da burguesia ascendente, e também alguns prostíbulos. Viveu intensamente o final do século XIX e os primeiros anos do século XX.

Ainda menino, aos nove anos, Proust sofreu sua primeira grave crise de asma. A doença respiratória crônica foi determinante no modo de criação e educação da criança sensível e de saúde frágil.

Os cuidados especiais na infância propiciaram longos períodos de férias na aldeia Illiers, localizada na Região Centro-Vale do Loire, no departamento de Eure-et-Loir. A comuna, que hoje conta com pouco mais de três mil habitantes, juntamente com as lembranças da casa de Auteuil, tornaram-se cenário para a cidade fictícia de Combray, onde acontecem algumas das cenas mais importantes da obra magistral. Por ocasião das comemorações do centenário de seu nascimento, em 1971, em homenagem, a cidadezinha adotou a denominação composta Illiers-Combray.

Na juventude, Proust levou uma vida mundana. Frequentou os salões da princesa Mathilde, de Madame Strauss e de Madame Caillavent, quando conheceu Charles Maurras, Anatole France e Léon Daudet, personagens importantes da época. Apesar da saúde precária, serviu ao Exército entre 1889 e 1890.

No ano seguinte, ingressou na Faculdade de Direito da Sorbonne, onde se preparou para seguir carreira diplomática, porém logo desistiu para dedicar-se integralmente à literatura. Em parceria com alguns amigos, fundou a revista *Le Banquet* e começou a desenvolver seus primeiros escritos, com a obra *Os prazeres e os dias*.

Flaubert, Balzac, Baudelaire, Dostoievski, além de Tolstói, Stendhal e Poe, entre outros, tiveram grande influência sobre sua arte.

Sua vida e círculo familiar mudaram consideravelmente entre 1900 e 1905. Em fevereiro de 1903, o irmão Robert casou-se e deixou a casa da família. O pai faleceu em novembro do mesmo ano. Finalmente, e de efeitos muito mais devastadores, a querida mãe de Proust morreu em setembro de 1905. Após tantas perdas, a saúde trôpega deteriorou-se ainda mais. Passou a viver recluso e esgotar-se no trabalho.

Isolado do meio social, dedicou-se à criação de sua obra-prima *Em busca do tempo perdido*, que se tornou um dos romances mais inovadores, influentes e importantes da literatura mundial. O livro, tanto pelo tema quanto pela forma, revolucionou a prosa escrita do século XX – tendo chegado ao Brasil em 1948, pelas mãos da Editora Globo, que delegou ao poeta gaúcho Mário Quintana a tarefa de traduzir os quatro primeiros volumes da obra do escritor francês.

Proust passou os últimos três anos da sua vida confinado em seu quarto, dormindo durante o dia e trabalhando à noite para concluir seu grande livro. Morreu de pneumonia e abscesso pulmonar em 12 de novembro de 1922, sendo enterrado no cemitério *Père Lachaise*, em Paris.

Em À *la Recherche du Temps Perdu*, Proust baseia-se em uma concepção de memória relacionada com uma visão filosófica do tempo, na qual as recordações põem, frequentemente, no mesmo plano o passado e o presente. O imenso e precioso relato dá vida a inúmeros e complexos personagens e retrata fielmente, às minúcias, o ambiente da alta sociedade parisiense da época.

"A riqueza da invenção proustiana consiste em contar com a dimensão temporal a sua maneira, isto é, esquecendo o fluxo cronológico do tempo. Parecido com o que realiza o analista no divã, o narrador mostra uma lógica dos acontecimentos que não depende das reminiscências no sentido platônico do termo, mas de uma memória simbólica ou lógica que, a partir de uma primeira lembrança, tenta se constituir", explica o professor aposentado da Universidade de São Paulo (USP), de formação psicanalítica, Philippe Willemart, estudioso do autor.

A obra monumental, considerada o livro mais longo de todos os tempos, com aproximadamente nove milhões seiscentos mil caracteres gravados em três mil páginas, é composta de sete volumes: *No caminho de Swann*, de 1913; *À sombra das taparigas em flor*, publicada em 1919, que ganhou o Prêmio Goncourt; depois vem *O caminho de Guermantes*, em 1921; *Sodoma e Gomorra*, de 1922. Os três últimos livros, *A prisioneira*, *A fugitiva* e *O tempo redescoberto* foram publicados depois de sua morte, pelo irmão Robert, respectivamente, nos anos de 1923, 1925 e 1927. Extensas partes de *Em busca do tempo perdido* dizem respeito às grandes mudanças sociais, políticas e econômicas da época, mais particularmente o declínio da aristocracia e a ascensão das classes médias na França durante a Terceira República e o *fin de siècle*.

Além de reflexões sobre amor, arte e a passagem do tempo, a homossexualidade é recorrente no texto proustiano. Foi um dos primeiros romancistas da Europa a tratá-la de forma aberta e detalhada. O tema permeia praticamente toda obra, especialmente em *Sodoma e Gomorra* e nos volumes seguintes.

Embora Proust fosse homossexual, o narrador que se descreve como heterossexual suspeita constantemente das relações da sua amada Albertine com outras mulheres. Também Charles Swann, figura central de boa parte do primeiro volume e proeminente em todo conjunto, tem ciúmes da sua amante Odette de Crécy, com quem mais tarde casará. Odete acaba por admitir ter realmente mantido relações sexuais com outras mulheres.

Alguns personagens secundários, porém de significativo realce, como o Barão de Charlus, inspirado em parte pelo famoso Robert de Montesquiou, são abertamente homossexuais, enquanto outros são mais tarde apresentados como homossexuais não assumidos. No dizer do crítico literário e membro da Academia Brasileira de Letras Álvaro Lins (1921-1970), o tema constitui "a realidade transportada, transformada e transfigurada numa visão estética", na qual a vida do autor se refletiu.

De igual modo, o papel da memória é central no romance. Quando a avó do narrador morre, a agonia de Proust é retratada como um lento desfazer. No último volume, *O tempo reencontrado*, o autor utiliza uma analepse e faz com que o narrador recue no tempo das suas memórias, em episódios desencadeados por recordações de cheiros, sons, paisagens ou mesmo sensações tácteis.

Seus temas, tempo e memória, fazem parte da vida de todos nós. A memória é, para Proust, a forma como o tempo é capturado em estado puro e, nos momentos capitais da *Recherche*, como que faz o tempo parar – uma sensação difícil de descrever, mas conhecida por todos os seus leitores.

A obra *Em busca do tempo perdido* foi levada para o cinema. Em 1984, Volker Schlondörff lançou *Um amor de Swann*, adaptado de um trecho do primeiro volume. Em 1999, Raúl Ruiz lançou *O tempo redescoberto*, com Catherine Deneuve e Marcello Mazzarella. Em 2000, a belga Chantal Akerman lançou *A fugitiva*, adaptada do sexto livro.

O precioso conteúdo, em diferentes formatos, segue percorrendo o mundo. Para deleite dos sul-rio-grandenses, e brasileiros de modo geral, uma das mais belas e completas exposições de Proust – desde seu passamento até o presente – está em cartaz na Biblioteca Pública do Estado do Rio Grande do Sul até 18 de março de 2023.

Intitulada *Caminhos de Proust – 100 anos depois*, a exibição tem como curador/idealizador o profundo conhecedor da obra proustiana Gilberto Schwartsmann, numa parceria que reúne, ainda, a Secretaria de Cultura do Estado do RS, Gerdau, Unimed e Cavaletti S/A, com o apoio de outras organizações, como a Edelbra e a Associação de Amigos da Biblioteca Pública do Estado do Rio Grande do Sul.

Que fortuna podermos experienciar Proust em nossa Biblioteca, passeando pelas reflexões e caminhos do autor francês, respirando suas fragrâncias, comendo suas madeleines e bebendo de seu profundo saber.

Eis o nosso tempo. Podemos dizer que é um "tempo ganho", repleto de memórias.

Março de 2023

AS CRÔNICAS SEGUINTES INTEGRAM O LIVRO "AMIGOS E MEDOS"

(publicado pelo autor em 2018)

FUGA EM ABRIL (PEQUENO CONTO)

Aconteceu comigo. Era sexta-feira, abril. Eu chegava em casa, como sempre. Fim de tarde, fim de semana, cansaço. A grama crescida, mal cuidada, dava um aspecto barbudo e desleixado ao jardim.

O portão abriu e o Volvo deslizou lento, manso e silencioso para o fundo da garagem. Eu gostava daquele lugar, daquela casa, meio longe de tudo, quase isolado; fazia fugir um pouco do mundo real; me alçava a um imaginário e isolado abrigo.

Por um momento, ouvi Fiel, o velho *boxer*, cão e amigo antigo, com seus latidos surdos e roucos. Logo veio desdobrando-se em boas-vindas, fungando, brincando, contente, com meus pés, como sempre fora sua alegria e seu costume. Estranhei um pouco sua presença – há muito não via esse companheiro de solidão –, mas preferi seu afeto às minhas dúvidas desconsertadas. Estávamos felizes mais uma vez juntos, trocando afagos, como sempre deveria ser.

Entrei pela cozinha, vindo da garagem, como fazia sempre. Tudo estava quieto e no lugar: os panos secos esturricados na pia, as louças emborcadas, o relógio de parede imóvel, trancado nas seis horas. A mesa redonda acomodava as quatro cadeiras de braços. Em cima meia garrafa de Jack Daniels, meio copo vazio e um baralho espanhol ensebado. A folhinha, colada na porta da geladeira, marcava dia qualquer de um abril passado.

Chutei para longe os sapatos novos que apertavam os meus pés velhos. Descalço, andei à vontade pelo corredor. Espiei a churrasqueira, a "parrilla" e a piscina nos fundos – curiosamente vazia. Passei à sala da frente: conferi os livros, os cachimbos e depois os discos. Vi uma enorme aranha correr para baixo das lenhas secas da lareira que guardava as cinzas de todos os meus invernos.

Depois passei pelo quarto da filha maior; tudo no lugar, como era o costume. Caminhei pela saleta do computador que servia também de aposento à filha pequena e subi a escada em caracol, apertada, que dava no meu quarto de dormir. Boas lembranças me vieram naquele momento: noites intensas, muitas maldormidas, outras tantas bem vividas, inesquecíveis. Mas agora tudo era paz, harmonia, isolamento e abandono.

Enfim anoitecera e no interior da casinha só se ouvia o absoluto silêncio, macio e queixoso como nunca. Ao meu lado, seguia o cão amigo babão e reumático, com dificuldades no andar, aos trancos. Não entendi como conseguira transpor a subida e chegar ali ao meu lado. A luz era fraca, tênue penumbra, e devagar vislumbrei uma fina camada de poeira, espécie de leve bruma, que tudo cobria, que tudo envolvia, qual aura prateada deixada pelo esquecimento.

Abri as cortinas pesadas e fitei o horizonte frio e escuro do Sul. Lá fora os galhos das árvores bailavam ao ritmo intenso do vento fino, e a luminária da esquina trepidava, piscando qual imenso vaga-lume elétrico, louco, disrítmico e solitário. Num momento a tarde caiu fatalmente e a noite veio definitiva. O Sul ficou de vez gélido e escuro.

Num momento o velho Fiel piscou o olho cego da catarata e iniciou a descida abrupta, avisando que chegara a hora da volta rápida e inexorável para o frio e o escuro, donde nunca deveríamos ter saído.

Verdade, não pertencíamos mais àquela dimensão, àquele mundo coberto pela sagrada poeira do tempo. Tempo infinito. Tempo demais.

Na saída, o bicho querido farejou mais uma vez os meus pés putrefatos e decompostos, avisando que eu não esquecesse os sapatos; não podíamos deixar pistas. Diziam, aquela casa era assombrada.

E isso foi tudo e tão pouco do que houve naquela tarde solta de abril. Não a esquecerei na eternidade. Sim, aconteceu comigo.

Março de 2006

OS CALENDÁRIOS E AS MOÇAS

Nada como o tempo para passar.
(Vinicius de Moraes)

Calendário promana do latim *calendarium*, que, por sua vez, procede de *calendae* – o primeiro dia de cada mês romano, na Antiguidade.

Ao menos quatro nomes ilustres estão ligados à história dos calendários: Rômulo, Numa Pompílio, Júlio César e o papa Gregório XIII.

Excetuando-se os calendários Egípcio e Próximo Oriente, no Ocidente, ao que se tem notícia, o primeiro calendário foi criado por Rômulo em 753 a.C., quando da fundação de Roma. Na época, o ano era composto por apenas 304 dias e dividido em dez meses.

Numa Pompílio, sucessor de Rômulo, e mais apressado, só fez ampliar os desencontros – como, decerto, fazem sempre os apressados – estabelecendo o ano de 155 dias, no entanto, dividido em doze meses.

Mais tarde, Júlio César, mais sagaz e organizado, reformulou – para melhor – o calendário. Para tal, o conquistador da Gália e do mundo contou com o auxílio do afamado astrônomo Sosígenes. Juntos, decidiram que o ano normal passaria a contar com 365 dias e que, visando ao perfeito ajuste entre o ano solar e o ano sideral, seria acrescentado um dia a cada quatro anos. Daí em diante, o ano de 366 dias passou a receber a denominação de "bissexto". Foram ainda devidamente enxertados os meses de janeiro e fevereiro, completando os doze meses.

O primeiro provém de *januarius*, que tem a ver com gêmeos ou duas faces, uma voltada a cada tempo, o antes e o depois. Fevereiro, por sua vez, igualmente emana do latim, *febraius*, reportando-se à purificação.

Até aqueles dias, o ano iniciava-se em março, ou *martiu*, homenagem ao deus da guerra, Marte. Depois vinha abril, ou *aprile*, alusivo à abertura das flores na primavera, no hemisfério norte. Maio, ou *maiu*, indicava *majus*, sendo dedicado ao másculo e maiúsculo deus Apolo. O quarto mês do ano, então, era junho, ou *juniu*, alusivo ao deus máximo pagão, Júpiter para os romanos, o mesmo Zeus dos gregos. Julho e agosto correspondiam, respectivamente, ao quinto e sexto mês do ano e não eram dedicados a ninguém. Depois vinham o sétimo, o oitavo, o nono e o décimo mês, correspondentes a setembro, outubro, novembro e dezembro, fechando o ano.

Por ocasião do assassinato de Júlio César em março, o mês quinto do ano 44 a.C., *quintilis* passou a chamar-se julho, justo preito ao grande general. Na sequência, o herdeiro de César, seu sobrinho-neto e filho adotivo, imperador romano Caio Júlio César Octaviano Augusto, mais lembrado pela história como Otávio Augusto, resolveu por galanteio próprio nomear o mês seguinte como agosto – ligado ao seu augusto título. Como julho contava trinta e um dias, o grande imperador não deixou por menos e cravou o trinta e um na folhinha do seu mês. Com isso, sobraram dias, que foram devidamente amputados de fevereiro, o segundo e último mês anexado pela nova fórmula.

Esse calendário passou a vigorar a partir de 45 a.C., e foi batizado "Juliano", em honra a seu patrono. Na ocasião, ficou igualmente combinado que os anos bissextos seriam divisíveis por quatro.

Acontece que, ao arredondar o ano para 365 dias e seis horas – por isso o acréscimo de um dia a cada quatro anos –, armou-se outra confusão. Havia mais uma imprecisão não percebida: a significativa diferença anual de onze minutos e quatorze segundos entre o ano sideral e o ano solar. Veja, leitor, que já em 1582, por conta desses minutos e segundos, acumulava-se um erro de treze dias até então. Aí foi a vez do papa Gregório XIII corrigir a distorção e implantar o calendário Gregoriano, vigente até hoje. Para pôr as coisas literalmente nos devidos tempos e lugares, sacou dez dias daquele ano, ordenando que após a noite de 4 de outubro amanheceria o dia 15 do mesmo mês. E para completar o remendo, estabeleceu ainda que o último ano dos três seguintes séculos não seriam bissextos.

Assim, os anos de 1700, 1800 e 1900 foram anos ordinários, sem o dia 29 de fevereiro. Já 2000 voltou a contar com o dia bissexto.

Por meio do calendário, firma-se uma relação direta com o tempo presente, passado e futuro. O tempo previamente delimitado permite uma relação mais objetiva com a memória, a esperança ou mesmo com o medo do porvir. A agenda e suas implacáveis datas permitem planejar bem os dias, suas horas e até as meias horas, para ter-se alguma sorte a mais às noites.

Por outra, diz um amigo e filósofo de ocasião que nunca se deve fazer grandes previsões, especialmente sobre o futuro; e se a gente chafurdar no passado, é lá que permaneceremos para sempre. Outro, menos profundo, apenas afirma que nunca devemos fazer amanhã o que podemos deixar para depois de amanhã.

Resumindo e sem discórdias, resta a exatidão, a realidade palpável e o consolo do presente: ovo ainda intacto, nem partido como o passado, nem chocado como o futuro. Eça de Queiroz, no seu belo estilo, disse: "As datas, só elas dão verdadeira consistência à vida e à sorte".

Finalmente, parodiando Cora Coralina, deixo a vocês, queridos leitores e leitoras, uma edificante estrofe:

Quando vejo certas moças
Suspiro meus tristes ais.
Fui eu que nasci tão cedo
Ou elas tarde demais.

Acrescento mais dois versos, estes sim frutos da minha mais pura inspiração e lavra:

Por médico e curioso, vivo às turras com o calendário.
Procurando cura ou remédio para um simples aniversário.

E encerro com o dizer de Augusto, supracitado, em seu leito de morte, que resume, mais que o tempo, a própria vida: "*Acta est Fabula*". Ou seja: a peça foi representada.

Maio de 2007

12 DE JUNHO: CHARUTOS E SILÊNCIO

> *"Madre, son ácidas las uvas de la ausencia"*. Li uma vez e nunca mais esqueci esse lindo verso do poeta venezuelano André Eloy Blanco.

Assim, desses e de outros versos, destas e outras palavras simples, se forma a memória – melhor dizendo –, a minha memória; de versos e reversos, imagens, sonhos e, principalmente hoje, de frio, fumaça e chuva.

Repassando o que vivi, sinto que, a exemplo de Blanco, pouco me sobra além de clamar à mãe pela acidez das uvas. Nada mais belo e revelador que a singela justaposição destas palavras, que remetem a imaginação a afetos e consolos quantas vezes esquecidos. Sem maior ou menor sentido, vou levando a vida, colhendo frases bonitas, ideias límpidas, sentimentos essenciais, e algumas uvas – nem todas doces, nem todas ácidas. Isso me basta, nada mais faz sentido.

Ontem, ou em qualquer desses domingos de outono, no silêncio absoluto da tarde, fumava um puro, Montecristo, o melhor dos meus encantos. Mirava o fogo na lareira e pensava humildemente primeiro em mim mesmo, no pouco que tenho feito nessa vida. Depois, com muito mais tempo e intensidade, no que nunca fiz (e jamais farei). Havia, na casa vazia, apenas nós três: o fogo, o havana e eu: energia, matéria e espírito, não necessariamente nesta ordem, ou em qualquer ordem que fosse. Mas ali existimos, sem dúvida, e existiu a tarde, o frio, o domingo.

Caberia bem no meu lugar o silêncio, e ainda, como quarto ou quinto elemento que a tudo unia, criava e amarrava, a constante e devastadora ausência.

Acuado, quieto, sem ouvir nada além do crepitar das lenhas e do tabaco incandescente, peguei a caneta, o papel branco e, mais uma vez, cumpri meu desígnio, escrevi esta crônica para o 12 de junho. Dia dos Namorados para uns. Dia da ausência para outros.

Junho de 2007

BREVÍSSIMA HISTÓRIA DO ADULTÉRIO

A história do adultério é mais uma das histórias que praticamente se confunde com a história da humanidade. Seria necessário um complexo tratado para tal relato, e mesmo assim pouco se saberia de tão amplo tema. Por conseguinte, tratarei de forma superficial e econômica deste assunto que apaixona a muitos – os dois envolvidos de fato nos fatos, e igualmente os não envolvidos, mas loucos por uma boa novidade. Aliás, adultério é a única situação que envolve três pessoas sem um saber. Por outra, há mulheres e homens cuja infidelidade é o único laço que as liga a seus maridos, e/ou esposas.

Para não tirar o mérito de quem quer que seja e não cometer injustiças poupando outros tantos – e sabe-se lá quantos são os tantos –, pinçarei celebridades históricas que pecaram contra o nono mandamento. Mandamento esse, constante nas Tábuas Sagradas da Lei, transmitido direta e pessoalmente por Deus a Moisés no alto do monte Sinai – que é para não pairar dúvidas sobre a gravidade do ilícito.

Já dizia Honoré de Balzac, mestre das letras e do galanteio, que é mais fácil ser amante que marido, pois é mais difícil ter espírito todos os dias do que dizer coisas bonitas de vez em quando. Acrescento ainda a visão científica de conhecido e reconhecido especialista da área P. R. Valente, segundo o qual as únicas espécies animais monogâmicas existentes sobre a terra são os gansos e as baleias orcas. E há quem diga que a monogamia é a arte de sonhar com todas as mulheres menos uma.

Ainda como curiosidade, fica o questionamento de por que os taurinos chifres, tradicionalmente associados à virilidade, tornaram-se o símbolo dos maridos ou esposas traídos. Voltaire sustentava que o costume viria dos gregos, que chamavam de bode o marido traído pela mulher, pois a cabra na cultura grega era sinônimo de fêmea dissoluta. Feita essa breve introdução, vou aos fatos:

Júlio César, divino imperador romano, ficou conhecido também por aprontar das suas: além de submeter a Gália e o restante da Europa, conquistou o Egito, e, de quebra, a famosa rainha Cleópatra, que, para César, um notório megalomaníaco, representava mais que uma mulher, toda uma cultura mais que milenar. Segundo relatos da época, a última rainha da terra dos faraós era considerada exímia nas artes amorosas. Entre outros preâmbulos românticos, ela ocupava vinte damas de companhia na preparação de seus famosos banhos, em águas tépidas e aromáticas, que duravam seis horas. E não era para menos, pois é sabido que, no auge de seu furor e ardor sexual, chegou a levar cem homens para cama numa única noite. Em Roma, enquanto César lutava mundo afora, a impertinente, empedernida e feiosa Calpúrnia (que nomezinho esse, não?), sua esposa, não deixava por menos e mandava ver com seus rapazes. O ti-ti-ti era tanto que Cícero, o magnífico orador e filósofo, em marcante pronunciamento no senado romano, cunhou a emblemática frase: "À mulher de Cesar, não basta ser honesta; tem que parecer honesta".

Mais adiante, na Idade Média, destacou-se outro chifrudo histórico. O mítico rei Arthur. Sua fama não era por pouco, pois entre suas proezas constava a de ter matado sozinho 960 homens na Batalha de Monte Badon. O bravo soberano tinha por norma discutir junto a seus fiéis cavaleiros estratégias sobre as invasões saxônicas, a localização do Santo Graal, e outras coisinhas mais além dos destinos da antiga Grã-Bretanha, em torno da célebre Távola Redonda. Entre seus honrados pares, existia um especial, o mestre de armas, Lancelot. Este, por sua vez, resolveu dar uma mãozinha ao velho rei nas funções matrimoniais, oferecendo seus dotes íntimos e particulares à Rainha Geinevere (outro nomezinho de lascar). De modo que Lancelot acabou levando para si e para o reino do seu ex-sogro a dita graciosa rainha, sua antiga tentação.

Outro caso notório de galhada que marcou época foi o de Luís XV e sua amante preferida, Madame Pompadour. A amásia do rei foi a pessoa mais poderosa da França durante muito tempo. Qualquer demanda superior, necessariamente, passava pelas suas mãos e graças, desde os mais influentes anseios aos mais simples favores vassalos. Luís XV, além de namorador, era bastante criativo:

instalou um pequeno elevador no Palácio de Versalhes que ligava seu quarto aos aposentos da outra amante, madame de Châteuroux, no andar de baixo. Sua última namorada foi Madame Du Barry, que optou por descansar em Londres durante a incômoda Revolução Francesa. No entanto, sem perceber que o mundo da nobreza estava acabado, resolveu voltar a Paris para recuperar um lindo castelo que lhe havia sido confiscado pela plebe rude, ignara e revolucionária. Deu-se muito mal no intento a formosa Madame, pois acabou com seu mimoso pescoço na guilhotina de Robespierre.

Logo adiante, Napoleão Bonaparte marcou época pelo espírito guerreiro e conquistas amorosas. A cada campanha o imperador francês encantava e encarava inúmeras amantes. Também foi apaixonado por Desirée e manteve um romance tórrido com a formosa Emilia durante seu exílio em Elba. Mas a mulher que mais profundamente marcou sua vida foi, sem dúvida, sua primeira esposa, a imperatriz Josephine de Beauharnais, que, segundo as más línguas, fora amante de metade de Paris. Dizem até que, durante as longas ausências do marido, aproveitava muito bem o palácio das Tulherias, protagonizando noitadas nada formais com seu Charles e outros amigos muito íntimos e pouco recomendáveis.

Dom Pedro I, como se sabe, declarou a Independência do Brasil no dia 7 de setembro de 1822. O fato ocorreu em São Paulo, ao retornar de Santos para o Rio de Janeiro. O que muitos não sabem é que o libertador voltava de alguns dias de folguedos com sua amante, Domitila de Castro, a Marquesa de Santos. Esse patriótico amor gentil rendeu quatro filhos aos pombinhos imperiais. Em tempo, e para não pairar dúvida sobre a magnificência do monarca, houve ainda mais dois filhos fora do casamento oficial: um com Clemência Saisset e outro com a Baronesa de Sorocaba.

Juscelino Kubitschek, notável presidente brasileiro, morreu em acidente automobilístico na via Dutra, quando retornava de São Paulo para o Rio, após encontro com uma antiga amante na capital paulista.

Jango, presidente do Brasil deposto pelo golpe militar de 1964, faleceu em Buenos Aires, quando passava uma temporada com sua carinhosa amante argentina, "La Gordita".

John Kennedy, 35º presidente americano, e seu irmão Robert, ministro da Justiça, além de traírem suas dondocas esposas, repartiam os agrados da loiríssima estrela de Hollywood Marilyn Monroe. Marilyn, além de seus encantos, tinha lá sua sabedoria, e costumava dizer que os maridos são bons amantes principalmente quando estão traindo as suas esposas. Certa vez, perguntada sobre o que vestia para dormir, respondeu prontamente: "Apenas duas gotas de Chanel nº 5, querido..."

Mas há um último caso de adultério que merece citação neste artigo, mesmo não envolvendo figuras históricas e ocorrido há poucos dias.

Trata-se do namoro que resultou em gravidez entre Alfie Patten, de 13 anos de idade, e Chantelle, de 15 anos. O pequeno Alfie recentemente ficou conhecido mundialmente como o pai mais jovem da Inglaterra. Após a notícia ter sido alardeada aos quatro ventos, surgiram três moleques que se lançaram candidatos à verdadeira paternidade do bebê. Muito bravo e espumando de ódio e raiva, Alfie afirmou que faria exame de DNA "para calar a boca das pessoas" – segundo noticiou o *Daily Mirror*. E acredite, leitor, não deu outra. Bingo! A filha não era realmente dele. Praticada por um legítimo inglês, a proeza de Alfie já deve estar figurando no Guinness Book, o livro dos recordes, como a chifrada mais jovem e comentada do planeta nos últimos tempos.

Fico por aqui para não me tornar demasiado enfadonho e até porque as ocorrências e recorrências sobre o tema – como dito no início – são infindáveis. E, afinal, como disse Amaral Neto: "Voto secreto e casamento são um convite ao adultério". Entretanto, no intuito de tranquilizar a leitora e o leitor mais arredio, deixo para reflexão geral a frase de um amigo, verdadeiro *expert* no assunto: "Corno é coisa que não existe. É algo assim que os outros colocam na cabeça da gente".

Cabe aqui lembrar um dito de minha avó: "Se existe alguma certeza neste mundo, meu neto, é que ninguém morre mocho". E é bom frisar, segundo pesquisa idônea, oitenta por cento dos homens traem suas mulheres no Brasil. O resto vai para Argentina, Estados Unidos e Europa. Finalizando, afirmo sem medo de errar: "O casamento é a maior causa do divórcio."

Maio de 2009

AGORA É CINZAS!

O carnaval é uma das mais legítimas instituições nacionais. Esse acontecimento forja a têmpera e a fibra da alma popular, além dos inconfessáveis gostos por mulheres bonitas e cerveja gelada.

Mesmo de origem pagã, o carnaval é uma festa de extrema alegria, e é uma das identificações desta pátria tão religiosa, distinguindo o país de qualquer outro planeta. Brasileiro que "não gosta de samba bom sujeito não é, é ruim da cabeça ou doente do pé" – nos diz a canção antiga. E se não gosta de futebol, fica pior ainda. Não merece o título de cidadão ou sequer o de eleitor.

No carnaval, são quatro dias em que o pobre fica rico e o rico sonha que pode amar algo além do seu dinheiro. Música e luxúria se misturam com colombinas, arlequins, porta-bandeiras e tanto outras figuras momescas.

Por isso, digo que o primeiro a chamar eleição de festa cívica estava com a cabeça muito mais para carnaval que para eleição. A euforia, os sonhos, o papel picado, as ruas civicamente imundas, juntadas às soluções mágicas e embaladas por refrões avacalhados, fazem a alegria geral tanto na eleição como no carnaval. Os eventos se confundem muito: seja pelos trios elétricos, alegria profana, a sujeira ou cegueira das cidades. Seja pelos engodos disponíveis ou as paixões desenfreadas.

A partir de agora, portanto, crio um novo termo que define a situação pós-eleitoral: "ressaca cívica". Esta varia, na sua intensidade, de acordo com a festa cívica, seu teor de mentiras e engodos eleitorais.

Nós, eleitores, pensamos com frequência que vemos palhaços nos palanques ou nas TVs; no entanto, no mais das vezes, é ledo engano: descobrimos, tardiamente, que os verdadeiros palhaços somos nós mesmos. Basta observar o que acontece nos anos que se seguem à conduta de muitos políticos festeiros de ocasião. Certamente, como bons burlescos, também nos deixamos seduzir por sereias, havaianas e mascaradas que sequer por um segundo, pensaram em parar com sua embriaguez de poder pelo poder, e pousar seus olhares em nosso olhar de pierrôs/eleitores desolados.

Para nós, cidadãos brasileiros comuns, a festa termina na quarta-feira de cinzas ou no dia da contagem dos votos – não importando o resultado. Igualmente não importa a paróquia ou padre que pronuncia piedosa e solenemente: "Do pó vieste e para o pó voltarás...", contribuindo com seu aval anual para o pecado popular, numa bondade infinita...

Mas, depois, volta tudo à mais absoluta normalidade. O mar acalma suas ondas e as ruas voltam a ser tristes como as crianças abandonadas. Os apitos são das fábricas e não mais dos salões animados. O sol não será mais o das praias, mas sim o do trabalho árduo. Fica a realidade do quotidiano e o rei não é mais feliz.

Resta só um gosto amargo na boca, uma sensação de esquecimento geral, de amor relegado, de uma paixão que nunca tivemos nas mãos, mas que vai nos consumindo a cada dia na saudade de algo que não existiu.

Julho 2014

O FIM DA DESONRA

> A vocês, foi dada a escolha entre guerra e desonra.
> Escolheram a desonra e terão guerra.
> Winston Churchill

O tempo político que vivemos hoje no Brasil é de reação, e não de fuga. E, diferentemente do que alguns pensam, reação não significa confronto, agressão ou imposição pela força ou medo. Significa tão somente a intenção de pôr um fim a espúrias concessões.

A fuga sim, por sua natureza vil, sempre traz consigo algo de covarde. Esconde-se no gesto falso, na manobra obscura, na mentira lavada e deslavada, além de usar sem pejos o protesto vingativo e oportunista praticado pelos tiranos em todas as instâncias.

É tempo de dar um basta a políticos e políticas preconceituosos. De deixar de lado manifestações que distorcem os fatos, confundem a razão e destroem qualquer possibilidade de reflexão ordenada e bem-intencionada.

Aqui cabe alertar ao leitor que se assim não for feito, cada vez mais aumentarão as dificuldades de entendimento desta triste, dura e vexatória realidade nacional, absolutamente necessária para encararmos com destemor as inadiáveis correções na direção de um futuro melhor e mais decente – que, aliás, todos nós merecemos.

Está provado e gravado na história que o povo brasileiro tem sido por demais complacente com os governantes, na sua imensa maioria aproveitadores, oportunistas e manipuladores. E isso não é de hoje, já ultrapassa cinco séculos, desde o descobrimento, no ano 1500.

Igualmente é certo dizer que só mudaremos esta vergonhosa sina histórica com inédita e insana força de vontade, determinante em sua causa e efeito. Faz-se, portanto, a hora do basta definitivo.

Alguém já disse que somente ressentirão estes ataques sobre a independência humana aqueles que estão satisfeitos com o estado das coisas, ou aquele que escolher a saída fácil de escapar da sociedade, ao invés de permanecer dentro dela e manter-se limpo da lama de glórias espúrias.

Assim sendo, teremos que lutar e penar muito ainda para chegarmos a um estágio de civilização onde o bem comum seja realmente a vez, a voz e a finalidade da existência.

Winston Churchill (1874-1965), o maior líder político do século XX, citado em epígrafe, nos deixou mais outro ensinamento definitivo que jamais deverá ser esquecido: "Um apaziguador é alguém que alimenta um crocodilo esperando ser o último a ser devorado".

Março de 2016

AMIGOS E MEDO

Tive medo, ou vários medos. Hoje não mais os tenho.

Tive medo do escuro, de pedrada na testa, de freiras e maristas. Tive medo de sapo, rato, injeção e comunistas. Tive medo de mulher de bigode, verrugas peludas, olho de cego. Tive medo de paixão, de química orgânica e inorgânica, de falar em público; além de dançar, de defunto fresco e assombração à meia-noite. Tive medo de morrer, e pior: morrer pobre. Medo de falhar como médico e como pai. Medo de decepcionar minhas filhas; medo de apostar e de não alcançar.

Tive medo de avião, altura, razão alheia, papai noel, cobra de mato, boitatá, mula sem cabeça e bolada no saco.

Mas os terrores primordiais foram superados pelos louros da idade adulta, que foram finalmente abafados e estrangulados pela maturidade plena.

Hoje, como disse, não mais os tenho. Estou pronto, acabado, quiçá entrando em leve estado de decomposição física e psíquica. Por isso sou mais doce. Pouco me assusta a diabete ou o esquecimento.

Assim, com a euforia de um anjo decaído, sou um ex-pusilânime convicto e declarado.

Não interessam mais desgraças e muito menos nefastos inimigos. Simplesmente me atenho a viver o dia a dia. Eu me conformo em ser apenas mais um no singular e no coletivo. Deixei de odiar os pulhas – pois eles não valem a pena: aceitei as imposturas como verdades definitivas, não bato boca; a vida se torna fácil e leve.

Não creio mais no clero, nos políticos ou qualquer autoridade constituída ou destituída. As mulheres me confortam – especialmente a minha. Não preciso estudar nada, meus exames de saúde estão quase normais – contrariando todas as expectativas médicas.

Me resta ter medo de quê? Ter medo por quê? Ter medo de quem?

Não sou um grande homem, por isso me espera uma boa morte serena e normal, sem susto.

Além do mais não há mais o menor risco de eu enriquecer. Descobri que para viver basta um pingo de dignidade e maravilhosos amigos. A cara limpa e os amigos são a melhor régua para medir a existência.

Gosto mais de mim e sou mais tolerante.

Vivi todos os anos de carne e alma, corpo e cérebro, muito bem acompanhado pelas pessoas queridas e devo apagar a qualquer momento como um sopro. Um sopro no coração.

Só os grandes homens conquistam a morte trágica ou deveras surpreendente. Decididamente não é o meu caso.

Julho de 2018

Fone: 51 99859.6690

Este livro foi confeccionado especialmente para a
Editora Meridional Ltda.,
em Electra LH RegularOsF 11/13,5 e
impresso na Gráfica Edelbra